ADÃO NO ÉDEN

Carlos Fuentes

ADÃO NO ÉDEN

Tradução
Carlos Nougué

Rocco

Título original
ADÁN EN EDÉN

Edição brasileira publicada mediante acordo com o autor.

PROIBIDA A VENDA EM PORTUGAL

Direitos para a língua portuguesa reservados
com exclusividade para o Brasil à
EDITORA ROCCO LTDA.
Av. Presidente Wilson, 231 – 8º andar
20030-021 – Rio de Janeiro – RJ
Tel.: (21) 3525-2000 – Fax: (21) 3525-2001
rocco@rocco.com.br
www.rocco.com.br

Printed in Brazil/Impresso no Brasil

CIP-Brasil. Catalogação na fonte.
Sindicato Nacional dos Editores de Livros, RJ.

F968a Fuentes, Carlos, 1928-
Adão no Éden / Carlos Fuentes; tradução de Carlos Nougué. – Rio de Janeiro: Rocco, 2011.

Tradução de: Adán en Edén
ISBN 978-85-325-2620-5

1. Ficção mexicana. I. Nougué, Carlos. II. Título.

10-5934 CDD – 868.99213
CDU – 821.134.2(72)-3

A Francisco Toledo, obrigado
pela memória de oitenta elefantes.

Por acaso te pedi, Fazedor, que do barro
me fizesses homem, por acaso te pedi que da
escuridão me ascendesses?

– Milton, *Paraíso perdido*

1

NÃO ENTENDO O QUE SUCEDEU. No Natal passado todos me sorriam, me traziam presentes, me felicitavam, me auguravam um novo ano – mais um ano – de sucessos, satisfações, reconhecimentos. Para minha esposa lhe faziam reverências como que para lhe dizer que sortuda ser casada com um homem assim... Hoje me pergunto o que significa ser "um homem assim..." ou "assado". Mais assado que assim. Foi o ano que terminou uma ilusão de minha memória? Realmente ocorreu o que ocorreu? Não quero saber. A única coisa que desejo é voltar ao Natal do ano anterior, anúncio familiar, repetido, reconfortante em sua simplicidade mesma (em sua idiotice intrínseca) como profecia de doze meses vindouros que não seriam tão gratificantes como a noite de Natal porque não seriam, por sorte, tão bobos e malditos como o Natal, a festa de dezembro que celebramos porque sim, era só o que faltava, sem saber por quê, por costume, porque somos cristãos, porque somos mexicanos, guerra, guerra contra Lúcifer, porque no México até os ateus são católicos, porque mil anos de iconografia nos fazem ajoelhar diante do Retábulo de Belém ainda que demos as costas para o *Establishment* do Vaticano. O Natal nos devolve às origens humildes da fé. Uma vez, outra vez, ser cristão significava ser perseguido, esconder-se, fugir. Heresia. Maneira heroica de escolher. Agora, pobre época, ser ateu não escandaliza ninguém. Nada escandaliza. Ninguém se escandaliza. E se eu, Adão Gorozpe, neste momento derrubar com um soco a arvorezinha de Natal, fazendo que se estrelem as estrelas, e colocar uma coroa na cabeça de minha mulher, Priscila Holguín, e correr para os meus convidados com o que antes se chamava (o que quer dizer?) *caixas destemperadas*?...

Por que não o faço? Por que continuo a me conduzir com a amabilidade que todos esperam de mim? Por que continuo a me comportar como o perfeito anfitrião que Natal após Natal reúne seus amigos e colaboradores, lhes dá de comer e beber, dá presentes diferentes para cada um – nunca duas vezes a mesma gravata, o mesmo lenço – ainda que minha mulher insista em que esta é a melhor época para o *roperazo*, ou seja, para desfazer-se de presentes inúteis, feios ou repetidos que nos são dados para os empurrarmos para quem, por sua vez, os dê para outros incautos que os guardam para...

Contemplo a pequena montanha de presentes ao pé da árvore. Invade-me um medo. Devolver a um colaborador o presente que este me deu há dois, três, quatro Natais... Basta-me pensar nisso para suprimir meus temores antecipados. Ainda não estou no Ano-Novo. Continuo na noite de Natal. Cerca-me minha família. Minha inocente esposa sorri, com seu sorriso mais vaidoso. As empregadas servem ponche. Meu sogro oferece uma bandeja de produtos de padaria.

Não devo adiantar-me. Hoje tudo é bom, o ruim ainda não está acontecendo.

Distraído, olho pela janela.

Passa um cometa.

E Priscila, minha esposa, dá uma sonora bofetada na empregada que serve coquetéis.

2

PASSA, OUTRA VEZ, UM COMETA. Invade-me uma grande dúvida. Esse astro luminoso é precedido de sua própria luz ou só a anuncia? A luz antecipa ou finaliza, é presságio de nascimento ou de falecimento? Creio que é o sol, astro maior, que determina se o cometa é um *antes* ou um *depois*. Ou seja: o sol é o dono do jogo, os cometas são partículas, coro, *extras* do universo. E, no entanto, ao sol já nos acostumamos, e apenas sua ausência – o eclipse – nos chama a atenção. Pensamos no sol quando não vemos o sol. Os cometas, em contrapartida, são como jorros do sol, animais emissários, ancilares do sol, e, apesar de tudo, prova da existência do sol: sem os escravos não existe o senhor. O senhor requer servos para provar a sua própria vida. Como não o vou saber eu, que, advogado e empresário moderno, dou fé de meu ser e de meu estar cinco vezes por semana (os sábados e os domingos são dias de folga) tomando meu lugar à cabeceira da mesa de negócios, com meus subordinados bem subordinados ainda que eu me comporte como um chefe moderno, nada arbitrário: um sol que quer esquentar, mas não incendiar. E, apesar de tudo, não é verdade que só sou o chefe porque eles aceitam que eu o seja?, são os cometas que nos fazem pensar no sol?, os segundos dão vida ao primeiro? Não sei se todo homem em minha posição pensa nestas coisas. Não creio. Comumente o poderoso dá por suposto seu poder, como se tivesse nascido não nu, mas coroado, envolto em riqueza. Olho para os meus empregados sentados ao redor da mesa e gostaria de lhes perguntar: sou o sol?, ou sou o só? Tenho poder por mim mesmo ou porque vocês me dão esse poder? Sem vocês, eu careceria de poder? Os poderosos são vocês, que me concedem poder, ou eu, o que o exerço?

O cometa do dia de hoje é cometa porque é visível. Quantos astros, cada dia, circulam pelos céus sem que nos demos conta? Somos astros barbatos, uma luz que precede, ou astros caudatos, luminosidade que sucede? Se eu fosse um cometa, como seria minha cauda? Difusa, em ramais que disparam cada um por seu lado? Corniforme, um advogado presidente de empresa com cauda curva? Inesperado ou jornal – um astro singular e inimaginável até que aparece, ou um cometa previsível e por conseguinte tedioso, ou seja, pouco cometa?

O tempo – ou seja, esta narração – o dirá.

São os sábados, os domingos, na verdade, dias *de folga*? E dia de folga é só dia de descanso, ou agitado dia de compra e venda?

Neste dia não o direi – ou espero não dizê-lo – senão presidindo o Conselho de Administração, dando-me o luxo – determinado, voluntarioso – de ser o único que põe a perna sobre o braço da cadeira e a balança displicentemente. Vejamos: quem mais se atreve?

E eu mesmo me atrevo a explicar para mim mesmo a razão de meu sucesso?

3

POR QUE ME CASEI COM ELA? Situem-se e situem-me. Eu começava a minha carreira. Era um estagiário de Direito. Ainda me faltava apresentar a tese, receber o diploma. Eu não era, estritamente falando, ninguém.

Ela, em contrapartida...

Eu a via retratada na imprensa todos os dias. Era a Rainha da Primavera, passeava ao longo da Reforma num carro alegórico (diante da indiferença, é verdade, dos pedestres). Era a princesa do carnaval de Mazatlán (antes de passar ao principado gêmeo de Veracruz). Era a madrinha da Cervejaria Tezozómoc em benefício dos asilos de velhos. Inaugurava lojas, cinemas, estradas, spas, igrejas, tabernas... e não porque fosse a mais bonita.

Priscila Holguín era, apenas, uma dessas mulheres que são chamadas "bonitinhas". Seu rostinho redondo era redimido pelo brilho dos olhinhos inocentes, pela limpeza colgática dos dentes, pelas covinhas das faces, por seus risinhos de Shirley Temple, pelo diminuto nariz que não requeria urgências cirúrgicas.

Era o que entre nós se chama "uma gracinha"; não uma beleza chamativa à María Félix ou Dolores del Río, mas tampouco feia como tantas mulheres atarracadas, morenas, gordas, redundantes, seriamente boas ou perversamente más, desprovidas da grande e rara perfeição das mestiças acima mencionadas e destinadas a ser namoradas (quando jovens) e, com sorte, toleráveis matriarcas (quando velhas). Os cabelos brancos enobrecem.

Priscila Holguín representava, assim, o justo meio. De feia não tinha nada. De beleza, muito pouco. Era dessas mulheres que são chamadas *graciosas*. Seu aspecto não ofendia as feias nem rivalizava com as belas. Era, por assim dizer, a namorada ideal. A ninguém ameaçava. E essa ausência de perigo a tornava mais atraente que as devoradoras fatais ou os tamales sem pimenta.

Além disso, sua graça consistia não só em reinar nas cerimônias dispensáveis: como se desconfiasse da inutilidade de sua monarquia, ela a adornava com canções. E, assim, após a coroação como Rainha Disso ou Princesa Daquilo, ela rematava com alguma frasezinha musical, "mente-me mais, que tua maldade me faz feliz", ou "lá no rancho grande, lá onde eu vivia", ou "não há porteiros nem vizinhos", ou "junto ao lago azul de Ipacaraí".

Nada disso importava, mas todos esperavam a rubrica de Priscila, como se ela requisesse a cançãozinha final para demonstrar algo: que seu reinado não se reduzia à beleza (discutida, insossa), mas era recompensa para um talento (cantar letras de música popular). Ou talvez o contrário: Priscila era antes de tudo cantora, sua coroa, um acidente, uma espécie de pagamento extra para sua arte. Ou o contrário: a cançãozinha compensava a falta de uma beleza realmente chamativa – no sentido ou nos sentidos de chama chã ou chamar a atenção.

Não por nada – eu lia, eu ria – a cortejavam os rapazes mais ricos da cidade. Os herdeiros dos capitães de indústria. Os bonitões. Os fanfarrões. Os que dirigem Maseratis. Não era Priscila a acompanhante constante do automóvel esporte conversível, do iate acapulquenho, da barreira da primeira fila taurina? Não era, em suma, inacessível, para além das páginas de colunas sociais do *Club Reforma*? Como chegar a ela direta, fisicamente, sem a intermediação protocolar?

Eu a vi anunciada um dia como madrinha do Salão do Automóvel. Todas as grandes marcas europeias e japonesas competiam (as americanas não: foram deslocadas para sempre para os riscos do off-road). Mercedes-Benz, Audi, Alfa Romeo, Citroën, BMW: entrei no salão cheio de pose, no meio da profusão de metais relumbrantes, carrocerias luxuosas, faróis expectantes e rodas de reluzente borracha negra betumada, e meu ocasional medo de que nenhuma dessas marcas pudesse rodar com impunidade pela Cidade do México sem se expor aos buracos, ao xingamento, ao arranhão gratuito, talvez ao assalto, à destruição vingativa, por que você sim, e eu não, seu babaca?

Eu soube naquele instante que eu devia despojar-me de qualquer ponta do rancor próprio de quem nada ou pouco tem em comparação com os que muito têm porque poucos são.

Pode um carro de luxo provocar uma revolução? Que comam bolo? Que dirijam Maseratis? Não quis pôr minhas suspeitas à prova. Antes, entrando na exibição que seria inaugurada pela Imperatriz do Volante (*a.k.a.* Priscila Holguín), repeti para mim o ditado que diz: "Fanfarrão mata bonitão e Maserati mata fanfarrão."

Os galanteadores de Priscila – B-F-M: bonitões, fanfarrões, Maseratis – a cercavam como que para confirmar que ela seria de todos ou não seria de ninguém. Intuí essa situação imediatamente. A corte de galanteadores a cercava não porque era ela, mas pelo que ela representava: era mais uma marca, Priscila Maserati ou Priscila Corn-Flakes ou Priscila Coca-Cola. Aproximar-se dela era aproximar-se de um prestígio reconhecido, não de um ser luminoso. Se a convidavam para sair, era para se exibirem eles – bonitões, fanfarrões, Maseratis –, não para conquistá-la. Aquele que ela escolhia para sair recebia o prêmio, era fotografado com a Rainha, Princesa e Madrinha; nunca mais voltaria a vê-la, porque bastava uma vez para dar ao galanteador o prestígio de ter saído com Priscila, e Priscila não saía duas vezes com o mesmo rapaz, para não acreditarem que a coisa era à vera, namorada, esposa, de modo algum. Priscila – eu a vi e a entendi – tinha de ser jovem, solteira, disponível, mas não podia nunca formar um casal com ninguém, porque formar um casal com alguém significava excluir todos os outros pretendentes, deixá-los sem a esperança de ser algo mais que B-F-M para transformar-se em novo aspirante, namorado, marido e sacrificar, assim, todos os outros rapazes que, *mirabile dictum*, recebem a recompensa que o galanteador teria por ter saído e sido visto com a Rainha da etc. De maneira – imaginei e imaginei bem – que Priscila Holguín era afinal o anzol que dava a auréola de uma atração irresistível a quem saísse com ela, preparando-o para escolher com patronato infinito e uma ponta de desdém a moça que seria, pois, a companheira de sua vida, a mãe de seus filhos, a que alcançaria uma vitória de Pirro contra a Princesa das Princesas.

Entrei no Salão do Automóvel. Vi Priscila tal como era. Uma invenção publicitária. Uma moça que não punha em perigo a namorada ou esposa eventual dos galanteadores que a assediavam em torno de um Cadillac de museu. Então passei entre meus competidores – assim os julguei naquele momento. Cheguei até Priscila, a segurei pela mão e lhe disse:

– Vamos. Eu a convido a tomar um café no Sanborns.

4

COMO DE COSTUME, REUNI-ME com meus colaboradores no dia seguinte ao do Dia de Reis. Em poucos países se comemora hoje a Epifania: a chegada a Belém de Gaspar, Melquior e Baltasar para dar presentes ao menino Deus que acaba de nascer. Suponho que no México recordamos os Reis Magos para encerrar cerimoniosamente as nossas verdadeiras, únicas férias, que vão das *posadas* de meados de dezembro ao Natal e Ano-Novo e aos Reis Magos. Sim, depois inventamos uma festinha aqui, uma festinha acolá, a Candelária em fevereiro, Benito Juárez e o petróleo em março, e mais do mesmo em abril e depois as mães em maio, etc. Sempre existe o consolo de os espanhóis terem mais santos, e portanto mais dias de santo, que os mexicanos. Eles começaram antes de nós. Nós só tentamos alcançá-los.

E isso porque não apelamos para os deuses astecas. São Huichilobos?

Mas me desvio do assunto, atraído pela ideia do festejo, e por algo o faço. Seu pobre narrador – esse seria eu – pouco tem para celebrar neste 6 de janeiro, quando entra na sala de acordos para tratar de assuntos de máxima importância com seus colaboradores; ele os conhece intensamente, ele não escolhe desconhecidos, ele quer que toda a sua equipe seja confiável e não só, como dizem as más línguas, inferior ao chefe, que sou eu, como se um homem – ou mulher – superior a mim pudesse, em algo, diminuir a ideia que faço de mim mesmo e não é presunção: minha carreira demonstra que tudo quanto tenho eu consegui com meu esforço pessoal, o que agora me dá o direito de nomear a quem eu quiser como colaborador próximo.

São dóceis, são mansos? Isso dizem as más-línguas. Não suporto ninguém superior a mim em meu círculo imediato de colaboradores? Isso dizem os que ficaram fora do que um colunista (pago por mim, o.k.) chamou de "o círculo mágico que rodeia Adão Gorozpe".

Pois bem. Hoje entro na Sala do Conselho olhando para o meu relógio, oprimido e tranquilo ao mesmo tempo (é o meu segredo), sem dirigir o olhar para ninguém. O assistente (quem é?, não o vejo) me afasta a poltrona. Sento-me. Cravo o olhar nos expedientes. Examino os papéis (dando-me o gostinho de saber que todos estão em branco, e que o mundo se engana!). Tiro os óculos, limpo-os com um kleenex saído da caixa colocada à minha esquerda (as melecas à esquerda?, penso com sarcasmo), ponho de novo os óculos e por fim levanto os olhos para prestar atenção aos onze conselheiros – doze não, eu seria o número treze, e os redentores terminam crucificados, digo a mim mesmo neste dia em que retomo o trabalho tranquilo, alerta, queimado do sol do Caribe, antes de levantar um olhar que já não é de férias.

Os onze colaboradores usam óculos escuros.

Não me olham.

Ou me olham escurinho.

Onze óculos de sol.

– Não é para tanto – brinco. – Em Cancún estava nublado.

Minha brincadeira não tem resposta.

Vinte e duas lentes escurinhas me olham.

Sem piedade.

O que é que aconteceu?

5

QUANDO AS COISAS ME SAEM MAL, como hoje, 6 de janeiro, me refugio evocando meu sogro, Celestino Holguín, recordado (e esquecido) como O Rei do Pão e pai, já o sabem, da Rainha da Primavera, minha esposa (como já lhes contei). Entre a Primavera e o Pão medeia o mesmo que entre o cruel inverno e a Virgem de Guadalupe: o milagre.

Desde que o conheci, nunca deixei de admirar com estupor a maneira como o senhor Celestino ergueu sua fortuna sobre um monte de pão açucarado. Dizem que não só de pão vive o homem, mas meu sogro desmente o dito: ele viveu do pão e legou seus bolillos a seus filhos e a mim, seu genro precoce. A maldição com que Deus expulsou Adão e Eva do Paraíso – "Ganharão o pão com o suor de sua testa" – o senhor Celes a transformou em bênção, ainda mais num país como o México, que se ufana da variedade e delícia de seus pães, em dura concorrência com a França e o centro de Europa, onde, no entanto, nenhuma padaria produz nada tão belo e variado como o bolillo, a telera, o alamar, as orelhas, a chilindrina, a concha e a noiva (não é jogo de palavras), a campechana e o polvorón, as banderillas de um tom azucarado... Paradoxo: num país de pobres, a cozinha é rica. A começar pelo café da manhã: ovos rancheros e ovos divorciados, tamales e enfrijoladas, chilaquiles e enchiladas, quesadillas e sopes, antecedidos de mamões e laranjas, sapoti (ou sapoti-negro), melancias e melões, abricó (entre rosa e laranja), bananas (jamaica, maçã, macho e dominica), graviola (branca com sementes pretas) e figos-da-índia (verdes como a inveja).

É para chegar à conclusão de que o México é um país pobre porque perdeu tempo demais preparando comidas suntuosas e horas muito longas comendo-as.

– Olhem os gringos – doutrino o meu mal-agradecido Conselho quando me pede duas horas para almoçar. – Os gringos comem de pé ao meio-dia, como cavalos, rápido e vamos embora... (pausa) e o que comem às seis da tarde (que eles chamam "jantar") é alface com doce de morango, frango seco e geleia colorida (sobremesa).

– Quer que tragamos o nosso *lonch* para o escritório, senhor? – pergunta um atrevido.

Eu sorrio com benevolência.

– Nada disso, companheiro. Tome um bom desjejum de feijão e pastéis para que suas tripas não grunham.

Todos riem.

Ou todos riam.

Ninguém como meu sogro. Eu acho que sua ocupação padeira lhe dava um prazer tão grande como um bolo de casamento. Ele, o senhor Celes, se sabia protegido, legitimado pela ordem bíblica – "ganharás o pão etc." – que para ele foi mais uma bênção que um conselho.

– Por que Jeová não disse ganharás os bifes ou ganharás a omelete ou ganharás o salpicão ou ganharás o consomê com o...?

– Suor de tua testa? – Eu tentava interromper sua cascata de opções bíblicas.

– Isso mesmo – dava-me razão o senhor Celes, quase aprovando minha lucidez e congratulando-se de que a menina Priscila tivesse escolhido um marido tão pau para toda obra como eu, a quem o senhor Celes podia delegar o comando e passar visivelmente da panificação para atividades talvez menos necessárias, porém mais lucrativas.

– Chamam-no Adão, Adão você se chama – elaborava meu sogro. – Ou seja, você tem o nome do primeiro homem, que, em vez de viver como desocupado no Éden, teve de ganhar o pão, *ganhar o pão*, todos me entendem?, com o suor de sua testa.

E virando-se para sua filha:

– Como você escolheu bem, Priscila. Quem ia dizer que este morto de fome com que você se casou seria mil vezes mais rico que seu sogro, eu, e tudo com o suor da testa?!

– Ah, papai, o pão não sua – comenta a inconsciente Priscila antes de receber um suco de melancia das mãos da empregada, a quem agradece com uma bofetada.

Mas seu Celes já mudou o norte de sua atenção para o outro comensal, seu filho Abelardo.

– Abelardo, por que você não é como seu cunhado? Por que não o imita *um pouquinho*, hem?

O referido era um rapaz sério e diferente pelo qual eu senti imediato respeito. Admito agora, ao chegar o momento de sermos sinceros, que ninguém mais na família Holguín, nem minha mulher nem seu pai nem sua falecida mãezinha, que Deus a tenha, me inspirava tanto respeito como este rapaz calado, impermeável às voracidades verbais de seu pai ou à ínclita ridicularia de sua irmã. Acontece nas melhores famílias. Há sempre um ser excepcional sobre o qual a gente se pergunta: E este, de onde saiu? Porque não de seu pai ou de sua irmã ou de sua falecida etc., a mãezinha cujo quarto era mantido como uma espécie de memorial da cafonice, dado que a etc. amava a cor rosa, tudo em seu quarto era dessa cor – cortinas, paredes, cama, travesseiros, colchas, poltronas e até o espelho de tons rosados, como que para devolver a autoestima a dona Rosenda, se é que alguma vez (eu duvido) a perdeu. Só um detalhe – uma camélia branca num vaso – destoava da sinfonia rósea. Além de um bidê de ferro feito para resistir a todos os tipos de embates.

– É que ela era uma romântica – dizia seu Celes, sem explicar nada mais, como dogma para seu seguro servidor que sou eu, entende-se, das virtudes da casa que lhe fazia – me fazia – a honra de me aceitar em seu seio.

Para não acrescentar que o banheiro também era cor-de-rosa. Incluindo o papel higiênico e – verifiquei-o ao puxar a corrente rosa – a própria água. Tudo, exceto esse singular bidê de ferro. E dona Rosenda, antes de morrer, pintou o cabelo prematuramente de louro natural.

Convencido de que a família Holguín pertencia a um tipo de excentricidade insulsa e convencional, chamava-me a atenção o jovem Abelardo, que não era uma coisa nem outra; ainda que, isto sim, excêntrico com relação à sua família. Alto, magro, calado, parecia de outra espécie.

Não pertencia aos Holguín.

– Eles o adotaram? – perguntei um dia de brincadeira a Priscila.

– Seu grosseiro! – increpou-me. – Malcriado! Malnascido! Nasceram em meu rancho duas arvorezinhas!

Tentei associar esses insultos arbóreos à minha pergunta e não encontrei relação alguma. Assim era Priscila. Para ela não havia causa e efeito. Nunca. Com relação a nada. Por isso não tínhamos filhos.

– Adoro a sua barriguinha – eu lhe disse com muitíssimo carinho. – Quero que cresça e cresça.

– Barriguda? – enfureceu-se. – Você me prefere barriguda? É isso o que você quer, seu monstro? Quer me ver deforme, seu abúlico?

– Não, isso não é deformidade, sabia?

– Ah, sim? E então que coisa é perder a silhueta? Sabe quem me deu a silhueta? Deus Nosso Senhor, e só ele pode tirá-la de mim...

– No dia da sua morte – disse eu sem má intenção.

– Ah! É isso o que você quer! Quer me matar! Seu canalha! Insípido!

– Eu não disse que...

– Engordar-me como um balão de feira até eu explodir, seu covarde!, insensato!, puxa-saco!, lá no rancho grande!

Como eu já disse, as expressões de Priscila quase sempre se davam fora de contexto.

Não, não me negava "seus favores". Mas os guarnecia de tais prevenções, que afinal eu perdia não só a paixão, mas até o prazer. Por sorte, tudo acontecia às escuras.

Priscila nunca viu meu sexo. Melhor assim! Eu nunca vi o dela. Um pouquinho pior!

– Apague a luz.

– Está bem.

– Não me olhe.

– Como posso olhar? Está muito escuro.

– Toque-me com misericórdia.

– E o que significa isso?

– Toque os meus escapulários.

– Você não usa nenhum.

– Seu bobo.

– Ah.

O ruim é que usava, *sim*, escapulários onde *não* devia usar, de modo que minhas aproximações físicas começaram a me parecer sacrilégios imperdoáveis. Como acariciar o Sagrado Coração de Jesus? Como mamar os seios (ou o que fosse) do Santo Senhor das Aflições? Como penetrar, enfim, no Santo dos Santos coberto pelo Véu de Verônica? Tentação, esta última, de sutileza pouco atribuível a Priscila, que talvez desconhecesse o negro passado de Verônica, já que a confundia com Madalena, acreditava que ambas eram irmãs do Senhor, regeneradas pela religião, razão por que despojava de sua virgindade Maria, a menos que as moças fossem mais jovens que Jesus, então, como dizem na roleta, *rien ne va plus!* e... todos para Belém!

– O negro mais cumbanchero que conheci em Havana – cantava Priscila quando sentia – eu lhe dava – satisfação. No escuro. Sem nunca ter visto meu corpo nu – era melhor.

6

QUEM ESTIVER LENDO COMPREENDERÁ que quem escreve necessitava de um refúgio fora do lar. Para esquecer a família Holguín.

Os seus vivos e os seus mortos. Para olhar-me sem rubor no espelho, pois Priscila *and family* me envergonhavam com vergonha própria e alheia.

Para assegurar minha autoridade, diminuída pelo simples fato de ter-me casado com Priscila (confesso-o diante de vocês), de *dar o golpe do baú*, ou seja, *sair da miséria* (da vida de pobretão) e ascender rapidamente na escala social (*arriviste, social climber*) para além de meus méritos, ainda que nunca abaixo de minhas fraquezas, eu dava aos Holguín tanto ou mais que eles a mim. A mim eles davam a graça do contraste: sendo o que eu era e sou diante deles, tinha a enorme liberdade de ser *outro* ao afastar-me do lar e fazer minha carreira.

Seu Celestino me financiava? Bom investimento! Devolvi-lhe o crédito com sobra. Tracei uma linha divisória. Na casa de Lomas Virreyes, eu me adaptaria às excentricidades da família. Fora dela, seria meu próprio homem. Nenhuma influência doméstica. Proibido, senhorita secretária, passar-me ligações de minha esposa ou de meu sogro. Atenda a senhorita mesma aos pedidos que lhe façam, desde que sejam importantes (dinheiro, propriedade, encontros inadiáveis). Não lhes dê atenção se forem idiotices (horários de cabeleireiros ou salões de beleza, reclamações da criadagem, jantares com arraia-miúda, estou com dor de cabeça, por que já não me ama?, onde ficaram as chaves do carro?, posso pôr um retrato do Papa na sala?).

Ou seja, meu escritório é meu santuário, inviolável por definição, sagrado por vocação. Ali não entra a minha vida privada. Meus funcionários o sabem e me tratam com o respeito que merece um homem – eu – de que *nada sabem* para além do escritório e das atividades profissionais. Ao contrário do que normalmente se dá, meu escritório é o reflexo de minha privacidade. Minha casa é a ágora do alvoroço, das babaquices, das fofocas, das chantagens de pessoas que creem que têm você agarrado pelos ovos só porque conheceram você um pouquinho e com buracos nas meias. É a desgraça da intimidade. Eu a agradeço porque posso passar sem ela. Não me interessa. Não tem jeito. Eu balanço a perna sobre o antebraço.

Meu verdadeiro eu nasce e renasce quando entro no escritório, dou instruções às secretárias e passo a presidir a mesa em volta da qual se reúnem meus colaboradores.

Trato-os por você.

Eles me tratam por você.

(Algum privilégio dá a autoridade.)

Ficam de pé quando entro.

Fico sentado quando saem.

Nunca vou ao banheiro.

Urino antes.

Não bebo água.

Eles, sim: condenam-se diante de mim por suas *necessidades*. (Palavras, classe. Eles *necessitam*. Eu *tenho*.)

Daí, você escuta, meu desconcerto (dissimulado, isso sim: se algo me desconcerta, eu sei como esconder meu desconforto). Daí, repito, meu desconcerto no dia – 6 de janeiro – em que todos se apresentaram com óculos escuros.

Não dei mostras de espanto, para além da brincadeira consignada.

Passei a tratar dos assuntos pendentes, pedir opiniões, dar-lhes permissão para ir ao banheiro, oferecer-lhes água, tudo como se nada estivesse acontecendo...

Terminou a reunião. Retirei-me. Todos de pé.

Que me esperaria na vez seguinte?

Convoquei a reunião para a segunda-feira – hoje era sexta-feira.

Agora meus colaboradores ainda estavam usando óculos de sol. E estavam usando algo ainda pior: uma audácia inquisitiva. Adivinhei olhares por trás das lentes escuras. Olhares de desafio disfarçando sentimentos de medo. Um isolamento diante de mim que era ao mesmo tempo barreira por vencer e oportunidade por aproveitar. Uma troca de poderes que minhas antenas vibratórias logo perceberam. O poder da fraqueza que eu lhes impunha. A fraqueza do poder que eles me devolviam. O barulho das tábuas do assoalho quando um deles se levantou para ir ao banheiro: eu nunca tinha ouvido aquele som antes. Juntei as pernas.

O que é que estava acontecendo?

Eu não ia permitir que eles me explicassem a situação. Adiantei-me com uma estranha sensação de caminhar à beira do abismo. Ia tomar uma decisão porque a atitude (rebelde?, desrespeitosa?, em todo o caso insuportável?) de meus colaboradores me obrigava a isso. Não medi consequências. Dei a ordem:

– Tirem os óculos, seus cometas. O sol já saiu.

Todos me olharam com espanto.

Soube que havia ganhado a partida.

Mas o simples fato de deparar com um gabinete revoltoso me arrebatou uma parte da segurança com que, até então, os governava e, ao governá-los, governava *a mim* mesmo.

Todos continuaram com os óculos escuros. Não os tiraram, aqueles desobedientes.

Mas essa é outra história.

7

TODOS PRECISAM DE CONSOLO. O vira-lata anda em busca de um dono que o recolha, o banhe, cuide dele: comida e teto, tanto mais preciosos quando não dependem de nós mesmos, mas da bondade alheia. O passarinho engaiolado agradece seu alpiste, mas sente saudade da liberdade de voar; quando foge e voa, tem saudade do alpiste que deixou. Os filhos – dizem-me – se rebelam contra seus pais na adolescência, vão para o mundo e regressam, contritos, a pedir teto, comida, conforto e carinho. Foi o caso de um velho amigo meu, Abel Pagán, muito rebelde: saiu de casa, e a realidade o obrigou a voltar bem humildezinho. Não se sabe como vão terminar as coisas. Vejam que eu tenho tudo o que é preciso neste momento. E o México? Desvaloriza-se o peso. Os narcotraficantes tomam o poder. A cidade se inunda para sempre e a merda sobe até as Lomas. As estradas se tornam intransitáveis, cheias de bandidos como no século XIX. Se Zapata ressuscitar. Se voar a mosca e Valentín de nada lhes der razão... Se vier o grande terremoto final e acabar com tudo.

Vira-lata, passarinho, menino, aproximo-me neste entardecer da casa onde vive Ele.

Não quero demonstrar feridas. Repouso como sempre, inteiro, carinhoso, simpático, sem rachaduras visíveis, sem explicações desnecessárias a partir do *dictum* anglo-saxão tão pouco apreciado pelos latino-americanos, pelas mulheres enganadas e pelos homens que enganam.

Never complain. Never explain.

"Nunca se queixe. Nunca se explique."

Ele não me pede explicações e nunca me viu queixar-me. É parte de nosso acordo. Ele é como é, com seus atributos adoráveis, suas mesquinhezes perdoáveis, seus vícios explicáveis. Ele me dá tantas coisas que não posso censurar-lhe um só defeito. Ele sabe que os tem. Mais ainda: ele os exibe.

Que mais, só para começar?

Ele se entedia com facilidade. Requer entretenimento e variadas surpresas. Ele se ama e diz que amar-se a si mesmo é condição para amar outra pessoa. Ele não tem medo de expor suas fraquezas porque crê que, se o amante sabe quem somos, a possibilidade de surpreender aumenta em razão das coisas que se ignoram. Tacitamente, pede-me que me deixe adivinhar, que não lhe conte tudo, que lhe dê a oportunidade não só de me amar, mas de me amar mais em função do que ainda não sabe de mim.

Quer que eu seja seu mistério e que Ele continue a ser o meu.

O fato é que eu não sei nada sobre Ele. Temos um acordo tácito. Como na canção, "não me digas nada mais, deixa-me imaginar que não existe o passado e que nascemos no mesmo instante em que nos conhecemos".

Não sei nada sobre Ele, exceto o que sei de nossa vida desde o momento em que nos conhecemos, e Ele só sabe de mim por minha vida pública, não por meu passado. Eu me equiparo a Ele convertido em cortina espessa sobre minha vida anterior ao casamento com Priscila, quando a família padeira me pôs no forno. E isso Ele e eu temos em comum. Nós nos amamos aqui e agora, sem referência alguma a nossas vidas passadas. Amantes, meninos, ambições: sem jurar, nos destinamos a uma relação consagrada ao *aqui* e ao *agora* de nossa relação. E, se às vezes caio na tentação da memória, é em *hora extra*, por assim dizer, e só em comunicação secreta, impublicável, *com você*, leitor.

Impublicável? Que digo?

Eu me presto a ser surpresa.

É claro que Ele conhece minha posição pública. Nunca a mencionaria, fazendo-me sentir que cada vez que atravesso seu umbral sou um homem novo, pronto para estrear nesse momento, nessas noites de amor inédito com Ele, que não conhece minha situação familiar, para além dos dados públicos – sou casado, meu sogro é o Rei do Pão. Dados, acrescento, sem importância alguma para um espírito livre como Ele.

"Espírito livre." Existe tal coisa? Há um só ser humano que não esteja amarrado, de alguma maneira, ao seu passado, à sua origem, à sua família? Ou à sua profissão, tarefa, responsabilidade?

Sim, há, sim, e se chama Ele. Nisso eu acredito.

Não sei nada de seu passado (bolero *again*) nem quero saber. E, ainda que quisesse, nada obteria, e não é que Ele guarde um segredo: Ele *é* um segredo. Tudo quanto Ele diz e faz parece surgido do instante, sem antecedente algum (ou ao menos sem antecedente de importância). Nunca conheci outra pessoa que vivesse *exclusivamente* para o momento. E, apesar disso, que saber há em seu olhar, que experiência em seus atos, que mistério em suas palavras! Só que nada disso pode ser atribuído a um passado que não existe pelo simples fato de que Ele assume a cada instante o passado como presente e o futuro também. Quero dizer: se Ele recorda, me faz sentir que o que vale a pena não é a recordação, mas o fato de recordar agora mesmo. E, se Ele deseja, o que conta é, também, o fato de desejar neste momento. Ele anula o passado e o futuro transformando-os em presente permanente: aqui e agora, tudo aqui e agora, com uma intensidade que não só explica a Ele, mas explica a mim, minha paixão por este ser único que me arranca da comicidade ridícula de meu lar e da solenidade fúnebre de meu escritório para situar-me – que belo, que insólito, que tudo! – no radical instante em que estou com Ele, vivo com Ele, amo com Ele.

Aqui desaparecem as preocupações, as obrigações, as ridicularias da vida privada, as farsas da vida pública. Ele me redime, me retorna a mim mesmo, para essa parte de minha pessoa que de outra maneira permaneceria oculta, latente, talvez perdida para sempre.

Abraço a Ele, respiro em sua orelha, Ele respira em minha boca, e a vida não só retorna: nunca se foi, sempre esteve aqui, e eu não sei por que não abandono tudo para entregar-me, sem condição, sem permissão, sem consciência, ao amor de Ele.

8

AMOR INTERROMPIDO. EU ESCOLHI o apartamento para Ele. Condições: poder sair e entrar sem ser notado. Exigência: lugar ao mesmo tempo central e afastado. Resultado: beco estreito na Rua Oslo, entre a Niza e a Copenhague.

Contexto: Zona Rosa, afluência variegada de dia e de noite, distrações. Ações: deixar o carro na Hamburgo. Caminhar algumas quadras sem ser notado no meio do povo. Saber que o melhor disfarce somos nós mesmos. Sou tão visto na televisão, nos jornais, nos eventos, que ninguém imagina que o senhor comum e corrente que anda a pé, sem escolta, entre a Gênova e a Amberes seja eu.

É uma aposta.

Até agora, não falhou.

E se um dia alguém me reconhecer, me cumprimentar, me parar?

– Senhor! É o senhor!

– Que honra!

– Que distinção!

– O senhor me dá um autógrafo?

– Como é democrático!

– Como é simples!

Nada disso, nada disso, mexo as mãos em sinal de falta absoluta de pretensão, de vontade impermeável, de normalidade, nada disso, nada disso, como qualquer cidadão, passeando aqui, vendo a vida, sabem vocês?, viver encerrado no escritório e rodeado de guardas a pouca distância de nós nos envaidece, preciso sair assim, anonimamente, entre vocês, como vocês. Obrigado, obrigado, estão me esperando, até logo, até breve!

– Como é simples!

– Que democrata!

É claro que, se qualquer dia sou, de fato, descoberto caminhando pela Zona Rosa, então me abstenho de seguir até o beco de Ele na Oslo e retorno ao estacionamento diante do Bellinghausen e volto para casa.

Que me espera ali?

Esta noite que eu tinha, cheio de expectativa, reservado para desfrutar com Ele, retorno porque fui reconhecido e tive de voltar para Lomas Virreyes. Deparei com um verdadeiro tumulto familiar. Seu Celestino, cheio de cólera (ou a cólera cheia dele, porque os vícios e as virtudes nos precedem e sobrevivem a nós), increpa seu filho Abelardo em plena sala de estar. A pobre Priscila gemelhica no meio da escada, e eu irrompo, estoico mas decepcionado (ou será o contrário), no momento menos oportuno.

– Sanguessuga! – grita seu Celes. – O que quer é vadiar às minhas custas.

– Não – diz muito serenamente Abelardo. – Quero seguir a minha vocação.

– Vocação, vocação! Aqui não há vocação. Vocação é vadiação – exclama seu Celes com uma verve literária que eu desconhecia nele. – Aqui se rala. Aqui se trabalha duro. Aqui há uma fortuna para administrar.

– Não é a minha vocação, pai.

– É claro que não, seu inútil, é sua *obrigação*, está me entendendo? Todos temos o-bri-ga-ções. Aqui não se brinca! Isso aqui não é brincadeira! E ponto final!

Seu Celes adota um indevido ar de janota que evidentemente não lhe cai...

– Ah, como não?! – Espaneja um imaginário lenço. – O rapazinho se desculpa. O rapazinho tem, vejam bem, uma *vo-ca-ção*. O rapazinho se nega a trabalhar...

– Não, pai, não me nego a...

– Calado, seu insolente! Sou eu quem está falando!

– E sou eu quem tem razão.

– O quê? Como? Que...? Eu ouvi bem?

– Eu não quero administrar um negócio. Eu quero ser escritor.

– O quê? E isso com que se come, seu folgado? Sopa de letras? Enchiladas de papel? Mole de tinta? De quem o senhor está zombando, seu Chespirito? Mais respeito com o senhor seu pai, que o criou, sim, senhor, que lhe deu tudo, educação, teto, roupa, para agora você vir com essa de que quer ser es-cri-tor! O senhor acha que eu tenho cara de quê, cavalheirinho?

– Não estou lhe pedindo nada.

– Não, porque já lhe dei tudo. É assim que você me paga! Avarento!

– Verbena! – diz timidamente, do quarto degrau da escada, Priscila. – Pombas!

Ninguém lhe deu atenção.

– Aprenda com seu cunhado, Adão (esse sou eu).

– Eu admiro Adão – atreve-se a opinar Abelardo.

– Que bom! Porque Adão se casou com sua irmã para ascender, deu o golpe do baú, era um zé-ninguém, um mendigo, sem lugar para cair morto, e como pode ver ele, sim, soube aproveitar a minha posição e a minha fortuna, seu malandro!, ascender e chegar ao que chegou graças a ter-se casado com sua irmã...

– Himeneu – gemeu com acerto Priscila. Mas ninguém lhe deu atenção.

– E hoje olhe para ele, é um figurão, é o bambambã, não lhe dá vergonha?, não se sente diminuído?

– Eu não... – quis murmurar Abelardo.

– Você nada, seu sem-vergonha. – Levantou a mão ameaçadoramente seu Celes. – Você o quê? – acrescentou sem lógica alguma. – Você...? – Interrompeu-se ao se virar e ver que eu o olhava com severidade, sem necessidade de me desculpar e indo direto para Abelardo, a quem dei a mão.

– Não se deixe humilhar, cunhado.

– Eu não... – balbuciou o referido.

– Tenha dignidade.

– Eu...

– Vá embora desta casa. Faça o seu próprio caminho.

– Você...

– Nada. De mim não espere nada. Faça o seu caminho.

Minhas palavras silenciaram a todos.

Não olhei para ninguém com a expressão costumeira. Eu sou dono de mim mesmo. Nem rixa. Nem escárnio. Nem ar protetor. Nem triunfalismos. Seu Celes, congelado como uma estátua. Priscila, fria e imóvel. Abelardo lutando contra o sorriso de amabilidade e o abraço da gratidão.

Tudo porque fui reconhecido na rua e não pude chegar, como queria, aos braços de Ele.

Priscila dá uma bofetada na criada, que sobe com a bandeja nas mãos, e a vida normal é retomada.

9

VOCÊ JÁ VIU, ADÃO? Que coisa? Aquele menino. Que menino? O Menino Deus. O menino o quê?

Apareceu onde menos se esperava, informa-me Ele, quem me mantém a par da incrível história que não chega às salas de administração.

Na esquina da Quintana Roo com a Insurgentes. Instalou um pequeno estrado do qual domina o trânsito da avenida. Não um espaço aberto, mas um lugar de trânsito rápido ou engarrafamento involuntário, um lugar de buzinas impacientes e xingamentos. Mas um lugar de convergência de avenidas em que se alternam, digo a você, a rapidez impaciente e o engarrafamento, mais impaciente ainda.

Tem de vê-lo – eu fui vê-lo, diria Ele – parando o trânsito, vestido com uma túnica branca, trepado em seu estrado como aquele santo do deserto em sua coluna; lembra-se do filme de Buñuel?, não?, São Simão pregava no deserto, escutavam-no os anões, a mãe dele e o Demônio. Não, este menino fala para o trânsito de Insurgentes com Quintana Roo, e o notável, Adão, é que primeiro as buzinas xingam a mãe dele por interromper o trânsito, mas depois as pessoas param, saem dos carros, zombam dele, o mandam à merda por causar engarrafamentos, estou atrasado, vá embora daqui, seu pivete...

– Pivete?

– Não tem mais de onze anos, Adão. Se você o visse...

– Eu o estou vendo em seu olhar. Que é que deu em você? Toloache?

– É sério, Adão. Primeiro ficaram fulos, depois cada vez mais lhe prestam atenção, ficam como que deslumbrados com ele, está entendendo?

Eu lhe disse com um gesto que não, mas acompanhava com atenção seu relato...

– Atenção – repetiu Ele. – Sabe? Eu me dou conta de que o nosso grande defeito é não prestar atenção.

– Não se desvie, Ele. Continue com a história.

– A história é minha. Não prestamos atenção aos outros. Não prestamos atenção a *nós* mesmos. Deixamos que as coisas aconteçam, passem, como o vento, à margem dos outros, não é verdade?

Eu lhe perguntei se todo o seu discurso era uma maneira de me censurar por não estar sabendo que havia um pregador na esquina de Insurgentes com...

– Um pregador de onze anos.

– Sim.

– Um Menino Deus.

– Você está louco.

– Não, escute-me, porque você não poderia ir até lá para ver o que está acontecendo. Eu, sim. A mim ninguém reconhece...

Se isso era uma censura de amante na sombra, eu não notei...

– O que é que ele diz?

– Não corram mais, é isso o que ele diz. Não se apressem. Aonde vão com tanta pressa? Não podem esperar um minuto? Não querem ouvir a voz de Deus?

Primeiro houve assobios e escárnios. O olhar do menino impôs silêncio.

– Se você o tivesse visto, Adão... Um olhar de autoridade. Um olhar de ameaça velada. Um olhar também de amor. Um grande amor misturado com uma grande autoridade e uma pontinha de ameaça. Tudo isso num menino de dez, onze anos.

– Louro? Será feio? – Quis baixar o tom admirativo de Ele, que começava a me incomodar.

– Não sei, não sei... Luminoso. Isso. Lançava luz.

– Rima com Jesus. – Quis brincar.

– Não, não, não, não – balançou Ele a cabeça –, isso não, isso seria como uma paródia, não?, não, aquele menino não é Deus, não é Jesus, é, não sei, Adão, como explicar?, é um *mensageiro*...

– Como é que você sabe?

– Adão. Ele tinha *asas* nos tornozelos. Asas nos tornozelos. Entende?

– Entendo, e não me impressiona. Qualquer um pode colar asinhas nos tornozelos, nas costas, nos...

– Mas ninguém o admite...

Interroguei-o.

– Tirou as asas dos pés, está me ouvindo?

– Admitiu ser um farsante.

– Muito pelo contrário!

Disse que era um menino de escola. Ia à escola todas as manhãs. Aprendia a ler, a escrever, a cantar, a calcular, a desenhar. Mas ao sair da escola se transformava. Obedecia a uma ordem interna, de seu coração, disse, e punha a túnica branca e colava as asinhas nos tornozelos e punha a peruca loura, os cachos louros, e saía a pregar naquele cruzamento de avenidas, ninguém o mandava fazer isso, salvo a ordem interna, a necessidade de sua alma, dizia ele, ele era um menino de escola, nada mais, não enganava ninguém, por seu gosto iria jogar bolinhas de gude, mas fazia o que tinha de fazer, não para obedecer a uma ordem, mas porque *não tinha outro caminho para seguir*, foi o que nos disse.

– Nós? Somos muitos, não?

– É que a multidão cresce a cada tarde, Adão. Não ficou sabendo?

– Você sabe muito bem que não me dou bem com as autoridades da cidade.

– Pois deveria ficar sabendo. Acha que a cidade o engana? Então acredite em mim, meu amor. Eu lhe digo o que vejo.

10

ABELARDO FOI EMBORA DA CASA de seu pai e veio me contar o que se segue:

A prima Sonsoles, chupando seu picolé Mimí, me disse balançando-se toda que lhe tinham falado da parte do poeta Maximino Sol, ele queria conhecer me, me esperava em sua casa da colônia Condesa às cinco da tarde. Fui correndo para o encontro: Maximino Sol era um grande escritor; também exercia uma espécie de tirania fascinante sobre a literatura mexicana, monopolizando a publicação de revistas e, por meio de seus discípulos e próximos, as resenhas críticas nos jornais. Acorri, admito, fascinado eu também, resistindo a um impulso para a rebeldia, mas admitindo que o orgulho era uma virtude, mas também um luxo, para um jovem poeta desconhecido.

Maximino Sol me recebeu em seu escritório de madeira, aonde me levou um homem de uns trinta anos, de olhos calcinados e bigodinho à Valle Arizpe, ou seja, como de Kaiser colonial. Eu o identifiquei como o notório braço armado do poeta que, com uma ostentação de cinismo, assinava como "Lua" seus ataques aos inimigos de Sol, enquanto este, beatificamente, fingia ignorância no Olimpo lírico e deixava seus satélites esponjar-se loucamente nos porões. Sombra de seu senhor, parasita do alheio, nunca deixaria de ser criado de alguém mais forte que ele: como servo do dinheiro e do poder, nunca existiria por conta própria. Imaginei esse assistente, de quadril levemente gordo, vestido de gorjeira e pena de ave em riste, tomando ao pé da letra o ditado do poeta que, à maneira da velha cortesia mexicana, me recebia com terno de três peças, camisa branca, grossa gravata de seda com alfinete. Seu corpo pequenino e rechonchudo ficava apertado pelo colete de listras cinza, e a papada lhe pendia um tanto por cima do nó da gravata. O colete, em vez de cingir o corpo, era cingido por ele, de modo que Maximino Sol parecia construído por dois círculos perfeitos, a papada dando origem à barriga que parecia nascer do pescoço e vice-versa. Mas a cabeça leonina, aberta, concentrava toda a energia ausente do corpo fofo, e a cabeleira cuidadosamente despenteada lhe dava uma aparência rude, acentuada pela mistura de irritação e desdém do olhar. No entanto, um véu angelical conseguia, magicamente, cobrir todas essas aparências nos modos e movimentos de Maximino Sol.

Sentou-se e disse-me que lhe havia chamado a atenção o poeminha publicado na revista K... Havia, talvez, demasiada influência de Neruda e Lorca – sorriu, como digo, querubinicamente –, e ele me sugeria, em todo o caso, optar por modelos, como Jorge Guillén e Emilio Prados, dos quais se podiam fazer paráfrases sem que se notasse muito. Em todo o caso, continuou, a mimese é inevitável em literatura e, afinal de contas, escolher bem os mentores é uma mostra de talento.

– O senhor tem talento – disse folheando amavelmente a revista dos meus primeiros passos literários, que o secretário lhe ofereceu aberta –, e, além disso, o senhor é jovem...

Sentado incomodamente diante do grande homem, senti-me ainda mais incômodo na alma que no corpo. Examinei, sem dar resposta à elogiosa afirmação, os ricos mognos do escritório, admirei a ordem perfeita das estantes e quis pensar, simpaticamente, em que ordem o poeta colocava seus livros, por gêneros, por ordem alfabética, cronologicamente, ou numa combinação de tudo isso? Eu imaginava para ocultar o óbvio: eu era recrutado para que minha juventude e meu talento ingressassem, como logo me foi informado, na revista K..., dirigida por Maximino Sol. A frase do poeta havia sido dirigida a um conscrito. Seu sorriso afável e seu olhar alerta me disseram, sem palavras, que para mim era uma grande honra, e assim o entendi:

– Obrigado.

Mas a associação de minha juventude, comprovável, e de meu talento, discutível ainda, em uma só equação não deixava de me incomodar, sobretudo quando Sol se entregou a uma longa disquisição sobre a falta de inteligências verdadeiras em nossa literatura.

Recordou todos – os poetas, Alfonso Reyes, Salvador Nuevo, Xavier Villaurrutia, Jaime Torres Bodet, Jorge Custa, Gilberto Owen, José Gorostiza, Carlos Pellicer e, ainda, Tablada, Urbina, González Martínez, e poucos romancistas, Azuela, Guzmán, Muñoz, Ferretis, Magdaleno. Sol começou por despachar, um por um, os escritores de sua geração, de gerações anteriores e, ainda, de gerações mais jovens que a dele. Distribuiu olimpicamente prêmios e castigos, concedendo a este poeta um segundo lugar, àqueles dois um terceiro, ao de acolá um passar com mérito, à grande maioria uma classificação de reprovado, e a um, seu inimigo mortal, o enviou direito para o canto com orelhas de burro e sambenito. Em todo o caso, os poetas, medíocres ou ruins, se sentariam nas fileiras da frente, e os romancistas, vistos mais ou menos como doentes mentais da literatura, nas últimas.

Comecei a perguntar-me, escutando-o, que lugar era dado a mim, sobretudo quando deixasse de ser jovem e contasse com minha própria obra. Entendi, também, que lugar dava a si mesmo Maximino Sol nesta sala de aula perpétua, sem recreios nem férias, no qual, ao que parece, o mestre-escola era, ao mesmo tempo, o aluno premiado.

– É muito pouco interessante o que se faz na atualidade. Mas é preciso ter confiança nos jovens. Os lugares, na verdade, estão vazios: os primeiros bancos, desocupados. Só os jovens, com o tempo, podem ocupá-los.

Fez uma pausa magisterial e me convidou, cordialmente, a colaborar com sua revista. Não teve de dizê-lo: esse era o caminho – o único – para a minha consagração.

Eu me imaginei de volta à escola e com o professor. Como minha experiência escolar era recente, pude perguntar-me com certa espontaneidade: ia passar a vida esperando que Maximino Sol me aprovasse ou reprovasse, dependente de um dez, de um cinco, de um zero, ou de um castigo exemplar depois das aulas: escrever cem vezes no quadro: Não há nada na literatura mexicana, exceto a obra de Maximino Sol?

Eu lhe disse que talvez tivesse razão, minha juventude era excessiva e na minha idade podia esperar sem apadrinhamento de nenhum tipo que...

Ele me interrompeu bruscamente. Disse que a juventude não era eterna e que a energia lírica se perdia se não fosse orientada.

– Sou disciplinado, mestre – eu lhe disse, sem medir a ambiguidade do modo como o chamei.

Entre lisonjeado e irritado, acrescentou que o México era um país de sacrifícios e quem demonstrasse talento logo era atacado mortalmente.

– A quem mostra a cabeça, a cortam. Não basta o talento, por maior que seja – continuou –, sem o escudo que o proteja. Uma revista é isso; um grupo, um mestre são isto: a defesa da semente sempre ameaçada pela inveja e por polêmicas massacrantes; o chauvinismo se o poeta jovem demonstra seu inevitável aprendizado universal; o cosmopolitismo se, ao contrário, exibe demasiados dotes folclóricos, por assim dizer; o compromisso político exigido pela esquerda, o arte-purismo demandado pela direita... Como eu iria me salvar sozinho, eu tão jovem, tão talentoso, tão...?

Temi, escutando-o, olhando-o, dizendo tudo isso com uma preocupação quase evangélica por minha pobre pessoa, que ele visse em mim e em minha obra provável só uma poesia jovem que, exaltando a experiência e a vitalidade iniciais, servisse ao literato velho para moralizar diante de seus contemporâneos, fazendo-os sentir-se culpados de eles não possuírem o que Maximino Sol, vicariamente, protegendo um autor jovem, sim, ainda tinha: precisamente, a vitalidade inicial, a experiência do espanto. Eu me senti despido por uma manipulação que me oferecia a proteção imediata e a glória eventual em troca de minha adesão a uma hierarquia presidida por Sol; hierarquia de valores, leituras, interesses... Senti-me escolhido para justificar as demandas do papa de uma capela literária diante dos pontífices rivais. Imaginei uma corte em que nossa juventude era o apoio indispensável para as contínuas exigências de um escritor velho diante do mundo adulto:

– Vejam, eu tenho mais jovens que ninguém ao meu redor, e esses jovens exaltam a mim e humilham a vocês, meus rivais...

– Eu gostaria de ouvir a minha própria voz – disse eu com inocência.

Maximino Sol se absteve de rir. Disse seriamente:

– O eu é um nós ou não é.

Por minha vez, eu me abstive de rir diante do sofisma, mas o poeta continuava:

– Nosso grupo, nossa revista formamos um coro. Fora dele, tudo é cacofonia, Abelardo.

Abelardo, repetiu inclinando a cabeça à maneira de escusa, posso chamá-lo assim? Só faltava um passo para tratar-me por você.

Por algum motivo, repugnou-me a intimidade com ele e, sobretudo, com o assistente que, de pé, trocava olhares de infinita espera com seu patrão. Nunca vi uma pessoa menos desesperada que aquele homem. A espera nele era tudo, mas que coisa esperava? Eu o chamei, apesar dele mesmo e de sua aparência, de o Desesperado. Mas até isto – o desespero – lhe tirava, na imaginação veloz e fraturada que acompanhava esta entrevista, o papa literário que se ia desenhando, desta vez lenta e integradamente, diante de meu olhar. No entanto, a relação entre os dois – Maximino Sol e seu secretário – me parecia perfeitamente normal na hierarquia da subordinação, até que o homem de quadril ligeiramente excessivo se atreveu a dizer-me:

– Não seja tão idiota. Maximino Sol, nada menos que isto, lhe oferece a glória e você a rejeita. Acha que no México você vai a algum lugar sem ele?

– Quer dizer que você depende totalmente dele? – respondi-lhe. – Pois eu não.

– Cale-se – disse-lhe Sol, com um prelúdio de zanga e uma sinfonia de tiques faciais que paralisou por um momento o secretário.

– Não, mestre, é que evidentemente esse sujeito não merece estar aqui, nem que o senhor sequer o olhe; não entendo por que o senhor se empenha em atirar pérolas aos...

– Calado! – disse o poeta, desta vez com uma mostra plena de autoridade raivosa.

– Está bem. Só não grite comigo, mestre.

– Eu grito quanto quiser – disse agora muito friamente e sereno o poeta com seu sorriso mais angelical, mas dirigido, desta vez, a mim.

Eu entendi que a charada consistia em fazer-me ver o que me esperava se não aceitasse o trato de proteção em troca de submissão que me estavam oferecendo.

Eu me levantei e estava prestes a dar as costas e me mandar, mas nos olhos claros de Maximino Sol, rivais envelhecidos dos meus, vi um ódio e um desconcerto tais que não pude evitar algumas palavras:

– Eu tenho uma voz, mocinho. O senhor tem razão, ao menos nisso. Sobreviverei a esses que o senhor chama de meus aduladores. Eu tenho uma voz – repetiu, não sei se para me convencer ou para se convencer.

– Porque ouve outras vozes – pude dizer o que queria dizer.

– Há muitos surdos neste mundo, o senhor sabe.

– Talvez o senhor seja um deles, se desconhece que a voz que o senhor ouve é ouvida ao mesmo tempo, sei lá, por um motorista, um padeiro, uma dona de casa.

– Seu populismo me comove. Ofereça-o a Neruda. Um padeiro e um motorista não fazem poesia.

– Mas fazem outra coisa.

Eu ia dizer, ninaram uma criança, insultaram um arrogante, amaram uma mulher, mas me lembrei dos tons mais íntimos, e por isso mais públicos, da poesia de Maximino Sol, a ternura de sua violência, a estranheza dos símbolos inconclusos que opunha a todos os signos concluídos, religiosos, políticos e econômicos, do mundo, e roguei, meu Deus, deixai-me ser como a poesia desse homem, mas não como o homem mesmo; meu pai, não deixeis que eu sacrifique tudo à influência e à glória literárias; dai-me um canto, minha mãe, em que eu possa dar mais valor a um filho, a uma esposa e a um amigo que a todos os lauréis da terra; livrai-me dos aduladores, Senhor, e ajudai-me a ganhar a juventude com a idade, em vez de perdê-la com o tempo.

Quando saí do escritório, fechando a porta, para um vestíbulo de vitrais violáceos, ouvi a voz ríspida, zangada, exaltada, sem tons graves, de Maximino Sol, ralhando com seu secretário. Não distingui as palavras, mas me pareceu uma boa brincadeira voltar um dia com um livro em branco e oferecê-lo à sagacidade desse homem condenado à traição de seus aduladores e cego para a independência de seus amigos. Por favor, tornei a rogar, não me deixeis envelhecer assim. Fazei-me depender de uma mulher, de um filho e de um amigo, não da vaidade e da sujeição literárias. A glória é a máscara da morte. Não tem descendência.

Abelardo fez silêncio.

Eu só lhe comentei:

– Leia os escritores, mas não os conheça pessoalmente.

11

QUERO QUE DÊ UMA VOLTA pela planície sob a ponte. Creio que reconheceria um que outro. Antes iam a festas ou eram retratados nos jornais. Graduações. Dia do santo. Esportes. Férias em Acapulco, Tequesquitengo, de perdida Nautla. Agora, veja-os nas barracas. Veja como o vento açoita as lonas. Como se infiltra a chuva. Olhe só. Menos mal: trouxeram privadas portáteis. Olhe só. Sempre houve penicos. Antes vinham aqui apenas os ferrados. Agora vêm viver aqui os que antes tiravam férias em Acapulco, de perdida Nautla. Todos nos jornais, agora sofá estripado. Recolhem latas. E as guardam dizem que para reciclar. Antes as tinham geladas na geladeira. Agora as recolhem e tentam vendê-las. Sofá estripado. Lembra-se desta família? Agora todos alcoolizados. Por puro desespero. Para embrutecer-se. Para esquecer. Para... Nem todos se deixam arrastar assim sem mais, sabe? Mesmo lá embaixo, alguns tiveram iniciativa. Roubaram cachorros, pit bulls, para defender-se. Coleiras de ferro. Pontas de ferro. Os animais acorrentados. Soltos para defendê-los. Os mais empreendedores fizeram uma cerca de correntes encadeadas. Tentam defender-se e defender a todos os que caíram de cima. Velhos amigos. Familiares. Amigos. Fodidos do dia para a noite. Acampados aqui. Em Taco Flats, sabe? Assim chamaram o lugar. Taco Flats! Levantaram a barreira de correntes para proteger-se, para criar a ilusão de que, apesar de ferrados, estavam juntos defendendo-se atrás de uma barreira de *correntes* como ontem atrás das paredes de suas casas. Não puderam, seu Gorozpe, apenas não puderam.

Acreditaram que iriam excluir os mais ferrados, aqui uma área exclusiva da miséria, a miséria só para eles. Não puderam, seu Adão. Os fodidos de ontem já estavam ali. Só que os fodidos de hoje não se deram conta. Chegaram. Traçaram a fronteira de um lugar de desgraças. Levantaram toldos. Privadas. Cachorros. Sofá estripado. Mas não olharam bem. Os ferrados de antes já estavam ali. Mas os ferrados de agora nem sequer os olharam, e quando se encerraram atrás da barreira de correntes com seus cachorros se deram conta de que não lhes serviam para nada. Porque os fodidos de antes já estavam ali. Só que os novos fodidos não os tinham visto. Já estavam *dentro*, entende?

– Por que fala no plural?

– Por que o quê, senhor?

– Sim, como não, fala de muita gente.

– É que...

– É que nada. Eu só lhe mandei ferrar a família de...

– Como não, deles se trata.

– Não me diga que rebentaram mais de uma família?

– É que...

– O quê?

– É que não se pode discriminar tanto...

– Pagaram justos por pecadores?

– Seu Adão Góngora não discrimina. O fato é que todo um bando foi parar em Taco Flats... todo um bando de ricaços... Seu Adão Góngora diz que lhes servirá de castigo.

– Ah.

– Além disso, disse que Taco Flats era um americanismo. Que era melhor chamá-los *Gorozpevillas*.

– O quê?

– Diz que em homenagem ao senhor.

12

ÀS VEZES TENHO DE FAZER vida social. Não há saída. E que chatice. Se não me mostro, acham que já não existo. Quer dizer: se não me mostro em *sociedade*. Porque deixar-me ver em jantares, saraus, casamentos e batizados é a forma final – às vezes a única – de demonstrar a própria existência. Nessas ocasiões encontro ex-presidentes que todos julgavam mortos; milionários de outrora que fizeram sua fortuna no *début* do capitalismo mexicano; secretários de Estado de fugitivo renome; senhoritas de sociedade – debutantes – que agora são matronas de certa idade – de dantes.

Tenho uma vantagem: não vejo ninguém. Sou conhecido de ouvir falar. Apareço na imprensa e na televisão, mas sou quase um segredo. Raras vezes saio, e em cada uma dessas ocasiões me faço acompanhar de minha esposa para reforçar a noção de minha personalidade: Gorozpe se deixa ver pouco porque trabalha muito, mas é uma pessoa como todos nós. Basta ver sua esposa. Foi muito famosa quando jovem como a...

– Rainha da Primavera...

– A Princesa do Carnaval de Veracruz...

– E de Mazatlán...

– Bonita...

– Bonitinha...

– Graciosa...

– Não é por nada, não, mas como decaiu...

– Não, continua gata...

– Gata velha, você quer dizer, Marilu...

– Bem, está gordinha... Digo, robusta.

– Não tanto de corpo...

– De rosto, sim. Parece um bolo de cereja...

– Você quer dizer a massa do bolo antes de ir ao forno, não é mesmo?...

– E os olhinhos? Não vê mais nada... Os...

– Ver? Acho que ela só não pode ver. Veja os olhinhos pequenininhos, muito juntos, e como que perdidos na massa de farinha da caradura...

– Limpe o fel, Sofonisba, que aí vem o casal...

– Que encanto!

– Que prazer!

Sei ler os lábios. Eu os entendo. De longe. Assim que entro numa sala, leio o que as línguas estão dizendo. As *más*-línguas. Não é difícil. Sempre dizem o mesmo. Eu só lhes ponho na boca o que sempre dizem. Curioso: o que imagino que dizem corresponde aos movimentos de seus lábios. De mim não dizem nada. É como se minha presença os colocasse numa situação muito especial em que não devem espantar-se por eu estar ali, por mais que isso seja sempre raro, espaçado às vezes por vários meses... Posso contar minhas aparições em sociedade durante todo um ano nos dedos das mãos. Eu me dou conta de que todos fazem uma *ideia* de mim a partir da minha *pessoa* pública. Quer dizer, têm uma *ideia* de mim prévia à minha *presença* física. Já sou *figura* de fotos, televisão, revistas, de maneira que não causo espanto, sou uma *efígie* costumeira e minha *presença* física não altera a *percepção* prévia que se tem de *mim*.

Por esse motivo, todos os olhares se dirigem para Priscila. Ela aparece apenas nessas festas. A memória de sua fama juvenil (a Rainha de etc.) se extingue e, em contrapartida, sua presença social só rememora o tanto que a vida a transformou, a perda de sua louçania principesca (carnaval, primavera) e sua robusta atualidade. Confesso: eu mudei muito pouco desde que adquiri fama. Cabelos brancos nas têmporas, mas naturais, não pintados com cal como os dos galãs maduros do cinema mexicano. Conservo o cabelo e minhas feições são regulares: testa larga, sobrancelhas finas (eu lhes dou uma pintadinha), nariz farejador e por isso interessante, lábios que não concedem sorriso, zanga, sentimento algum. E um queixo partido que me dá a galhardia natural que eu não busco nem imponho.

Jogo com meu olhar. Velo-o. Fixo-o. Nunca o enterneço. Com ele ameaço, advirto, desdenho, atraio se necessário, rechaço se não for imprudente. O olhar de Adão Gorozpe. Com razão ninguém comenta quando entro para jantar na casa do antigo ministro Salvador Ascencio, a quem devo um que outro favor, e não gosto de parecer mal-agradecido... Ninguém comenta. Todos me olham. Todos me dão passagem. Ainda que antes a dessem para o transatlântico de minha mulher, Priscila. Mas não é a mesma coisa. A ela "deixam passar". A mim "dão passagem".

Eu me dou conta de que, afastando-se de mim, nenhuma das pessoas aqui reunidas – personalidades políticas esquecidas, senhoritas de ontem que são senhoronas de hoje, indivíduos anônimos cujos nomes e ofícios não me preocupam – se afastam para dar-me passagem, mas não podem se *distanciar* de mim. É parte de minha estratégia, admito-o diante de vocês, meus fiéis ouvintes, deixar-me ver muito nas notícias e pouco nas festas. Não podem se distanciar de mim. Movem-se ao redor de mim. Regressam a mim até o momento em que me despeço.

Isso é incômodo? Acho que sim. Por isso limito minha vida de relações ao trabalho burocrático, empresarial e político, onde minha palavra é lei (por que me receberam no Dia de Reis de óculos escuros?), minhas relações domésticas às raivinhas de meu sogro, o Rei do Pão, e às inconsequências verbais de Priscila, minha esposa. E meu cunhado, Abelardo? Que terá sido dele? Saiu de casa, e eu admito que perdi o único apoio razoável na mansão de Lomas Virreyes e sua decoração cor-de-rosa, com exceção do bidê de metal, onde decidi viver por duas razões. A primeira: ali me acomodo a uma vida rotineira, repetitiva, sem sobressaltos, que não anda nem desanda e que, de acréscimo, faz aparecer minha fidelidade à família.

– Adão Gorozpe vive com o sogro...

– Desde o início...

– Desde quando não era ninguém...

– Cale a boca!...

– Vive com a esposa...

– Sua namorada de juventude...

– Juventude, divino tesouro...

– Que vai para nunca mais voltar, ah-ah...

– E um cunhado estranhíssimo...

– Meio boêmio, não é mesmo?

– Pouco sério, diria eu...

– Mas nada vacilante, não é mesmo?...

Tudo o que serve para proteger minha identidade dando-me uma auréola de homem frugal. Concentrado em seu trabalho, fiel à sua família...

Não conhecem minha outra vida.

Não sabem da existência de Ele.

13

EVENTOS VARIADOS QUE MINHAS SECRETÁRIAS me comunicam: *Mexicomédia*:

Uma anciã viajava tranquila no ônibus Salto del Agua-Ciudadela-Rayón. Um jovenzinho entrou e revólver na mão exigiu dos passageiros que entregassem carteiras, anéis e óculos escuros. Para isso estendeu um boné de beisebolista de cores berrantes. Ao aproximar-se da anciã, ela lhe tirou o boné, esvaziou o conteúdo e com o mesmo boné começou a bater no jovem assaltante, chamando-o de mendigo gatuno sem mãe e pirralho insolente, além de fedelho travesso e outras expressões antiquadas que delatam a idade da senhora. O surpreso rapaz primeiro protegeu a cabeça contra os golpes da velha, que abandonou o boné e o seguiu a guarda-chuvadas até que o ladrãozinho saltou do veículo, tropeçou, caiu de bruços e todos riram de alívio. Quem era a corajosa velhinha? Quando lhe perguntaram, disse chamar-se Sara García.

Um artista de pouco renome criou no terraço de sua casa, situada na Avenida Yucatán, uma escultura inflável do elefante Dumbo. A estátua se desprendeu de seus amarres e saiu voando pelo vizinho parque de San Martín, onde matou um casal de namorados pouco alertas. "Os elefantes são contagiosos", desculpou-se o artista.

Puseram-se à venda artigos de luxo a preços reduzidos. Óculos escuros. Audis. Porsches. Rolex. Anéis Cartier. Canetas Mont

Blanc. Bolsas Prada. Camisas Zegna. Zapatos Gucci. Vestidos Cavalli. A publicidade reza: "Menores preços sem menor imagem."

A exportação de chilaquiles subiu de zero para noventa e dois por cento. Ninguém explica quem – ou para que – compra no estrangeiro pedaços de tortilha dura, mas hoje vêm com receitas para elaborar salsa e sazão ao prazer do consumidor. "Faça pátria. Exporte um chilaquil", diz a propaganda.

À medida que diminui o turismo norte-americano, aumenta o turismo chinês. Ao lhes perguntarem sobre isso, os visitantes falam da semelhança – pratinhos picantes, pequenos, variados, próprios para cada pessoa compor uma refeição a seu bel-prazer – entre a cozinha da China e a do México. A verdade surpreendente é que, digam o que disserem, esses turistas só comem o que exportam. É bom para o comércio exterior?, perguntamos ao ministro do ramo. Esperamos sua resposta.

Candelaria la Trajinera dá uma entrevista em que se declara amante de uma dúzia de narcotraficantes. Passou de mão em mão. Eles se matam entre si. Ela sobrevive e espera o galanteador seguinte. Anuncia que vive numa ilhota de Xochimilco, cercada de flores e porquinhos. "Sou bucólica", explicou.

Yasmine Sulimán, refugiada política que fugiu de um regime assassino do Oriente Médio, encontrou trabalho na biblioteca José Vasconciúmes desta Cidade do México e um apartamento vizinho na Calzada de los Misterios (continuação da Reforma). Ontem foi assassinada por um louco, que lhe pediu as obras completas de Augusto Monterroso, e, ao receber o magro livro assim intitulado, se enfureceu e enforcou Yasmine.

O aluno de sexto ano primário Jenaro González admitiu ser o Menino Deus que prega aos domingos na esquina de Insurgentes com Quintana Roo. Seguido por nossos repórteres da congregação vespertina até a sua escola na Avenida Chapultepec, o jovenzinho admitiu ser o menino pregador. Basta-lhe pôr uma peruca de cachos dourados e um cajadozinho branco, e andar descalço. Na verdade, tem uma cabeça de porco-espinho e jura que faz o que faz por ordem divina, ainda que depois não se lembre do que disse. Nosso esperto repórter tornou a entrevistá-lo no domingo passado. O rapaz de cabelo de picos repetiu essa história. Só que, nesse mesmo momento, o Menino Deus fazia sermão para uma multidão no cruzamento de Insurgentes e Quintana Roo, revelando assim que o outro menino é um impostor. Mistério?

As cidades perdidas (*cachampas* no Chile, *villas miseria* na Argentina, favelas no Brasil, *ranchitos* em Caracas) foram batizadas *Gorozpevillas*, em alusão insolente a Adão Gorozpe, a quem se atribui sem fundamento a pobreza circundante à Cidade do México e, com espírito de injúria e insídia incomparável, a profusão de cidades similares nas cercanias de Guadalajara, Monterrey, Morelia e Torreón. Faz-se notar que focos de criminalidade tão notórios como Juárez, Tijuana e Tampico não tinham o problema das "cidades perdidas" devido ao fato de os narcotraficantes nessas urbes manterem um alto grau de disciplina que consiste em desaparecer da noite para o dia todo brote urbano não regulamentado. "As *Gorozpevillas* prejudicam a nossa imagem", declarou o senhor Hipólito, o de Santa, velho pianista cego e chefe do Cartel do Deserto. Deve-se concluir que os narcotraficantes rendem preito a um homem de tão honesta reputação como o senhor Adão Gorozpe? É uma pergunta.

14

ASSIM QUE SE MOVE do quarto para a sociedade (do leito para o teto), a vida amorosa mostra, sempre, o preço que devemos pagar pelas alegrias que pudemos sentir. Digo: ninguém se priva por vontade própria do amor (salvo os masoquistas, que afinal de contas amam sua orgulhosa singularidade; salvo os sádicos, que a levam a extremos daninhos para terceiros). Às vezes, o amor se dá de maneira natural. Sem atropelos nem dificuldades. Somos apaixonados desde sempre. Nosso amor é programado pelas famílias. Com quem vamos casar senão com a noivinha santa, a prometida de sempre? Conheço casos, devido a meu parentesco com os Holguín, de casamentos *à hindu*, preparados desde crianças para casar-se. Há moças feinhas que, supõe-se, chegam virgens, em tais condições, ao casamento.

Há outras – eu as surpreendi de trás de uma cortina, na parte traseira de um carro, escondidas por um árvore –, sempre com o namorado oficial, às vezes com homens que não conheço, e que se apresentam, às vezes orgulhosas, às vezes envergonhadas, embora todas se adiantem às núpcias e se casem com virgindade fictícia.

Porque a virgindade é exigida a uma mulher, mas não a um homem. O macho que chega virgem ao casamento não é tão macho: deve-se suspeitar dele, pode ser impotente, maricas disfarçado ou homossexual latente, sofrer de *mamãezite* aguda, ou ser simplesmente casto, tímido ou sacerdote que desconhece sua vocação. Em contrapartida, a moça que não chega virgem é uma sem-vergonha. Não tem justificativa. Duas varas de medir. Em todo o caso, há planos matrimoniais (ou amorosos, pura e simplesmente) que devem ser pagos com consequências indesejáveis na vida social. O adolescente "empregadeiro" se deita com a criada doméstica, mas nunca pensa – nem lhe permitiriam – casar com ela. Ela, ademais, tampouco se sentiria a gosto fora de sua domesticidade, embora haja casos, embora haja casos... Há homens "distintos" casados com mulheres que não o são tanto. Quando lhes perguntam sobre isso, eles oferecem razões *carnais* – ela o satisfaz como nenhuma –, mas raras vezes *sociais* – ela não é da minha classe –, graças a mim (tácito) subiu de classe.

Em contrapartida, num casamento convencional – como o meu –, as coisas sucedem sem sobressaltos. Como já indiquei, Priscila é uma mulher inconsequente: diz o que não deve dizer no momento em que devia dizer outra coisa, ou melhor, em que devia ficar calada. Já dei exemplos desta falta de bússola. E quem me escuta já sabe que a vida com Priscila é um disfarce que aproveito para ser na vida pública o que não sou – nem me importa ser – na vida privada. Que esta situação confiável pode conduzir a situações pouco confiáveis nós logo o veremos.

Em contrapartida – outra vez me repito em minhas introduções –, a vida com Ele é um longo prazer interrompido, no entanto, por espontâneas conversas que me devolvem à realidade extraerótica.

Por exemplo, Ele regressa com alto poder de excitação de um concerto de Luismi no Auditório Nacional. Sua admiração pelo cantor é ao mesmo tempo singular e plural. O que me diz de Luis-mi – que lindo, como canta bem, como se mexe – Ele o faz não só porque o sente, mas porque ao mesmo tempo o sentiram dez mil espectadores. Eu entendo esses estados de espírito coletivo; também são parte da política e, se num concerto de Luismi são inofensivos, se tornam perigosos quando em lugar de um cantor há um orador discursando de uma sacada e oferecendo ilusões tão ilusas como as de Luismi quando sussurra

Mente-me/Mente-me mais/Que tua maldade me faz feliz...

A Ele ouço e me congratulo por minha própria discrição política, vão somando o que já sabem: vivo na casa de meu sogro, o Rei do Pão, tenho um casamento longevo e sobrevivente com Priscila, a ex-Princesa da Primavera, vou de casa para o escritório e do escritório para casa, raras vezes saio para ir a eventos sociais...

Eu estendo, então, este alarde de discrição à minha vida amorosa – privada, satisfatória, inconfessável – com Ele, apesar das minúsculas tolices que podiam afetá-la e que são como andorinhas passageiras.

– Por que não raspa as axilas?

– O quê?

– Você poderia raspar os sovacos.

– Para quê, Ele?

– Para ficar igualzinho a mim.

– É que quero ser diferente.

– Não quer ser como eu?

– Quero ser com você, entende? Basta-me...

– Mas não como eu.

– Não. Prefiro a diferença, de plano.

– É um capricho meu. Um caprichinho. Pequenininho assim.

– Eu me imagino com as axilas raspadas e depois os pelos do peito, dos braços, das pernas...

– E das costas, ursinho, das costas...

Então nos beijamos e se acabou a discussão.

Outras vezes a culpa é minha e se deve à minha educação jurídica, que serve tanto para esclarecer quanto para confundir. Um cirurgião não pode equivocar-se: se opera de apendicite um homem com dor de dente, lhe tiram a licença. O "licenciado", o bacharel, o advogado, em contrapartida, pode mentir sabendo que seus argumentos se baseiam numa falácia, útil para ganhar um pleito, enganar um tolo ou confundir um inimigo.

– Onde esteve na sexta-feira 9 às seis?

– Na sexta-feira 6 às nove?

– O senhor está mentindo...

– Quero dizer, na sexta-feira 9 às seis?

– Não se contradiga.

– Não me confunda, doutor.

– O senhor é que está sendo confuso. O que está escondendo?

– Nada, eu juro.

– Por que quer me enganar?

– Eu...?

Por isso posso dizer a Ele, quando exijo o direito de gozar plenamente, que a retenção de sêmen é venenosa, e não me abstenho de dizê-lo em latim:

Semen retentus venenum est.

A Ele não importam meus latinismos. Ele julga ter razão quando afirma que reter o sêmen provoca um orgasmo intenso, mais satisfatório que meu jatinho externo.

– Além disso – opina inapropriadamente –, reter o sêmen é uma mostra de santidade.

– Como é que você sabe?! – Faço cara de espanto fingido.

Os santos têm sêmen, mas se seguram.

– Você e eu não somos um par santo. Ele. E dos santos se pode...

– Podemos aspirar a...

– Que chato.

– Dê-me prazer.

– O.k. Embora eu lhe diga que...

Digo o anterior para que vocês vejam a boa relação que tenho com Ele e a maneira como sobrevoamos qualquer diferença, sem cair nunca no pleito; fazemos mal? As zangas em casais são o sal do amor? A verdade é que o sexo livra ou encarcera o perpétuo selvagem que todos levamos dentro.

Penso às vezes que nascemos selvagens e que entregues a nossas precárias forças seríamos como os animais, que buscam apenas sobreviver e satisfazer seus instintos. O filósofo da natureza nos dirá que não há isso, que o homem natural é o que está mais próximo da bondade e que todo passo adiante na sociedade é um passo para o crime, para o pecado e para a necessidade de regras de comportamento proibitivas para domar o selvagem natural que fomos na origem.

Quanto a mim, penso que assim que deixa a vida silvestre e entra para a sociedade o selvagem assassina seu pai e fornica com sua mãe. Édipo costuma ser o símbolo deste trânsito que, afinal, aconteça o que acontecer, nos submete a regras de comportamento que aceitamos de cabeça baixa porque violá-las nos leva para a prisão, ou para a forca, ou, ao menos, para o exílio social.

Isso não explica bem as vicissitudes do amor em sociedade e sua relação com coisas tão diferentes como a moda, as emoções, a estética ou as pretensões. Com Priscila atendo à primeira e à última destas exigências. Quando saio com ela – muito raramente, já o sabem –, submeto-me à moda e às pretensões sociais. Quando estou com Ele, primam a emoção e a estética. Em Ele *vejo* primeiro, e o que vejo me agrada e me emociona. Às vezes a emoção me arrebata antes de tudo e só depois me entrego, gratificado, à contemplação de Ele, de sua beleza, de sua tranquilidade e seu beatífico olhar de satisfação pós-coito.

O pequeno selvagem que habita em mim se vê assim domado pelo prazer acessível com Ele. Creio controlar a fera íntima, também, quando convivo com Priscila na casa de seu papai ou quando – rarissimamente – saímos juntos para um evento em sociedade.

Julguem todos: levado talvez pela parte liberada de minha pessoa (a que convive com Ele) e também acicatado pela exigência política dela (a que mostro diante de meus colaboradores – por que me receberam com óculos escuros?), reagi num jantar de doze pessoas sentadas quando Priscila, sempre inoportuna, aproveitou o silêncio completo – e embaraçoso – na mesa para romper a calma com um vento de sua propriedade e colheita.

Digo um vento e digo três qualidades de sua exalação intestinal. Priscila primeiro soltou um peido atroador, como que para chamar a atenção, seguido de um som de borbulhas em série e culminando com um gás faccioso – silente mas mortal – que chegou a todos os narizes e pôs a perder o huachinango que acabavam de nos servir: mais fortes os cheiros de Priscila que o de alcaparras, cebolas e tomates.

Rompi o embaraçoso silêncio que se seguiu ao ataque pedorreiro dizendo em voz alta – repetindo um mantra secular:

– Cale-se, Priscila. Você não sabe o que diz.

A conversa foi retomada. Fulano falou das flutuações da paridade cambial. Sua esposa, do custo crescente dos alimentos no supermercado. Beltrano disse ter percorrido a Estrada México-Acapulco em duas horas e quinze minutos, batendo recordes, embora ninguém tenha ficado sabendo nem lhe tenham dado um prêmio. Madame Beltrano disse ter regressado de uma viagem a Houston com toda a roupa da moda que no México não se consegue. Sicrano se queixou do preço da gasolina, e a senhora Sicrano das vicissitudes do serviço doméstico.

Assim, entre opiniões sobre o dinheiro ganho e o dinheiro gasto, dissiparam-se os inoportunos ares de Priscila, quem não se deu conta de sua própria culpa respondendo à minha afirmação:

– Você não sabe o que diz.

com um saboroso

– Amanhã é domingo, dia de guarda. Alvíssaras!

Meus pensamentos seguem outro curso. Por que eu disse o que disse após o assalto olfativo e rumoroso de minha esposa?

Para desviar a atenção da grosseria de Priscila com uma saída que nos devolvesse à conversa interrompida por aquele silêncio constrangedor.

Também, é verdade, como uma continuação imperdoável, aqui e agora, de minha conversa livre e engraçada com Ele, coisa que sempre preservei para a nossa intimidade: não costumo mostrar-me humorista em sociedade. Igualmente, como um reflexo de meu constante costume burocrático de pôr fim a uma situação com uma frase ao mesmo tempo cortante, engraçada e inapelável:

– O sol sai todos os dias.

Mas, afinal, indevida, como uma revelação social de minha má relação com minha esposa, inadmissível *faux pas* que me deve ter exibido diante da comunidade de Fulanos, Beltranos e Sicranos como um indivíduo *malsão* pelo menos, uma vez que minha exclamação

– Cale-se. Você não sabe o que diz...

implicava falta de domínio sobre minha mulher e seus explosivos, e ausência de discrição quando os céus trovejavam, mas também oportunidade e rapidez mentais para encobrir a situação e passar para outra coisa. Por conseguinte, admiração por minha agilidade mental, conquanto também surpresa diante de minha reação de repreensão disfarçada para Priscila, conhecida por suas ausências de relação causa e efeito.

– Amanhã é domingo.

Como não vou a muitos jantares em sociedade, não posso afinal saber se as flatulências de Priscila são excepcionais ou parte de sua digestão normal. Quantas vezes, sem que eu fique sabendo nem ninguém me comunique, Priscila desafiou a pureza do ambiente num jantar como este? Tê-la-iam ouvido? Perder-se-iam suas sonoridades no meio das animadas conversas? Seriam ouvidas e deixadas para lá? Comentava-se com risinhos sarcásticos: a mulher do senhor Adão Gorozpe é uma peidorrenta?

Sentindo-me, *malgré moi*, um Francisco de Quevedo y Villegas contemporâneo, retiro-me aprovando-me a mim mesmo pela insólita capacidade de converter a grosseria física em referência poética.

Não escreve por acaso Quevedo que é graça do cu ser "circular, como a esfera", que "seu lugar e no meio, como o do sol" e que "como coisa tão necessária, preciosa e bela, o trazemos tão guardado no mais seguro do corpo, entalado entre duas muralhas... que mesmo a luz não lhe dá", e que "por isso se disse: 'Beija-me onde não me dá o sol'", e acrescenta "que a alegria reina entre as nádegas", sobretudo "o peido... que de si é coisa alegre, pois onde quer que se solte anda o riso e a chacota, e se afunda a casa", coisa que não admitem meus comensais ao deixar passar por alto (e por ar) as sonoridades de Priscila, esquecendo (ou desconhecendo) Quevedo e seus calembures: "Entre penha e penha, o abricó que soa."

Evoco então os aromas de uma lima aberta ao meio e derramando as gotas de seu suco. Grama recém-cortada. Uma xícara de chocolate espumante. O cheiro que vai direto aos centros do prazer, evitando os escolhos da razão. O cheiro como lembrança da emoção...

15

DE ONDE VEM ESSA GENTE? Olho suas fotografias expostas sobre a mesa e tento imaginar a *origem* cuja pista são suas mansões recém-estreadas ou adquiridas dos ricos de antes, mas deformadas por portas penitenciárias, bandeirinhas coloridas, janelas fechadas, homens com metralhadoras disfarçadas nos terraços, jardineiros que cortam a grama rasurada de lado, prevenidos, com os macacões carregados de armas.

De onde vêm as armas? Recebo um informe: só em Houston, Texas, há mil e quinhentas lojas de armas. Um cliente pode adquirir mais de cem armas de uma só vez, indo a dúzias de lojas legítimas dispostas a vendê-las, sem averiguar nada. Além disso, existem traficantes que contrabandeiam dos Estados Unidos para o México. A venda de armas no país do Norte não requer licença quando se trata de vendas privadas. A maioria das pistolas e rifles apreendidos no México provém de lojas no Texas e no Arizona.

A posse de armas – recorda o informe que leio esta manhã – é legal nos Estados Unidos e, se se detém um tráfico suspeito entre a loja e a fronteira, o traficante tem, de qualquer modo, o direito de portar armas, consagrado no artigo 2º do "Bill of Rights" – mas condicionado à existência de uma "milícia bem regulada, necessária para a segurança de um Estado livre". Cumprem-se tais requisitos na atualidade?

Interrogado um comerciante de armas, respondeu que ele não tinha registro do vendido a outro, disse ter vendido o negócio. De que vive agora?

– De minhas economias – disse do alpendre de sua mansão em Houston. – Quando se fez uma auditoria em seu negócio antes que se retirasse dele? – Ah, isso só é permitido uma vez por ano, mas, como há poucos auditores, às vezes a cada três, a cada seis anos... – Que tipo de armas o senhor vendia? – Pistolas, apenas pistolas. – E rifles AK-47? – O que é isso? *Never heard.* – Ouça, mandamos um falso comprador à sua loja para pedir doze AK-47, e o senhor os vendeu a ele. Não lhe pareceu suspeito? – O cliente é quem manda, eu sou um simples comerciante.

– Eu tenho o direito de comprar armas para caçar. É um direito que a Constituição me dá.

– Eu tenho o direito de vender armas. É um direito que...

– Eu informo às autoridades sobre as vendas suspeitas de armas na minha loja. É uma obrigação que...

– Eu não digo nada de nada porque, se fizer, os narcotraficantes me...

Passam-me informes de armas recuperadas no México. Um rifle em Acapulco depois de um assalto aos escritórios do procurador com um saldo de três secretárias mortas. Dois rifles recuperados em estradas federais. Um rifle encontrado em Miahuatlán depois de um ataque a elementos do exército no jardim botânico da localidade.

Faço as contas.

Cinco armas recuperadas pelas autoridades no México. Cinco.

Milhares de armas importadas pelos cartéis da droga. Milhares.

Mansões com portas de metal, bandeirinhas coloridas, janelas tapadas, pistoleiros nos terraços, jardineiros armados.

– É que num macacão cabem muitas coisas...

De onde saíram? O que eles eram antes? Pode-se castigá-los remontando à sua origem? Encarcerando e interrogando suas mulheres?

Como tantas vezes, decido segurar o touro pelos chifres e mandar ao presídio de Santa Catita Jenaro Ruvalcaba, presidiário no cárcere subterrâneo de San Juan de Aragón e especialista em se disfarçar de mulher para obter informação e, com sorte, sexo (somo as vezes que o bacharel Ruvalcaba nos serve para reduzir seu tempo de prisão). Por que não mandou uma mulher? Porque creio implicitamente que as mulheres são uma confraria defensora que acaba por se juntar para se defender do macho intruso, malévolo e, ademais, puto se pode, puto se se deixa.

Então é o redimido prisioneiro Ruvalcaba quem me vem informar que em Santa Catita há uma área exclusiva para mulheres envolvidas em tráfico de drogas, em sequestro e em assassinato em série. Ali se encontra a Rainha do Mambo, jovem peituda e cabeluda que usa calça comprida, suéter e sapatos brancos para disfarçar suas virtudes. Ela maneja o dinheiro do chefe Viborão e para isso conta com um computador em sua cela, apesar de um guarda a acompanhar o tempo todo. Passeia muito vaidosa pelo pátio do presídio, onde se amontoam umas cem pessoas, incluindo os que vêm de fora com comida e roupa para as reclusas. Ali está a Chachachá, acusada de assassinar um banqueiro: bela mulher, diz Ruvalcaba, decotada e com o cabelo preso para que ressalte sua pele muito branca e distraia com seu olhar entre cínico e satisfeito de seu crime. Ali está também a Velha Alberta, acusada de plágio e assassinato de jovens milionários. Estão ainda as "Dinamiteiras", acusadas de pôr bombas à vontade na capital. As duas são vesgas e pintam a boca de um vermelho muito vivo.

A pior de todas, doutor – diz-me o muito saudado senhor Jenaro –, é uma assassina de anciãs que matou sem razão alguma uma dúzia de velhinhas desconhecidas das quais nada roubou: mata pelo prazer de matar e argumenta que suas vítimas já passavam tempo demais na cama, eram muito idosas e estão mais felizes mortas que vivas.

A mais singular é a Comandante Bala, uma gorda com a boca sempre cheia de doces que lidera um grupo de mulheres criminosas cuja origem, doutor, não é o *bas-fond*; todas eram datilógrafas, bancárias, vendedoras de lojas, babás de crianças ricas, ou seja, mulheres insatisfeitas não com sua miséria, mas com a escassez de suas riquezas e dispostas, me disse a Bala, a ascender rapidamente numa sociedade que o promete tudo, mas não diz para quando.

– Nós tínhamos pressa – disse-nos a Bala. – Podíamos nos conformar num escritório ou numa farmácia. Mas sabe de uma coisa, doutor? O que prometem a nós já o têm outras, muito poucas, e não o soltam, e o que nos prometem, nos anúncios, sabe?, já sabemos que é pura ilusão e que não é para nós, nem sequer a prazo.

Põe uma bala na boca. Joga no chão o papel que a embrulhava. Uma das Dinamiteiras o recolhe e põe na lata de lixo.

– Chama-lhe a atenção que apressemos o ritmo da sorte, doutor? – diz a Bala, deixando atônito o meu enviado, o doutor Jenaro, cujo disfarce não lhe serviu de nada.

Confesso que todos esses informes me deixam muito insatisfeito. É como se uma hidra de mil cabeças se postasse do lado de fora de meu escritório num andar 40 diante do Bosque de Chapultepec e eu saísse muito bravo para cortar uma cabeça só para constatar que em seu lugar nasciam duas novas.

Lutamos contra um monstro poli ou multiforme, e as soluções que me ocorrem – e que apresento a meu gabinete de trabalho – são insuficientes, passageiras ou quando muito de longo prazo. Legalizar a droga, pouco a pouco, a começar pela maconha. Saber que os Estados Unidos não nos acompanharão, em nome da liberdade individual até para envenenar-se e envenenar o próximo. Entender que este é um problema global na era global: corta-se uma cabeça da hidra, nascem duas e, se se cortam estas, as substituem quatro...

Meus colaboradores me olham com ceticismo de trás de seus óculos escuros. Ou seja: *adivinho* seus olhares. São de reprovação? Pois então que eles proponham algo. Um se atreve a dizer:

– Adão...

– Deixe de intimidade.

– Não. Adão Góngora.

– É um assassino.

– E que outra coisa merecem os criminosos, senão um criminoso mais criminoso que eles? Com o devido respeito.

16

REÚNO-ME PARA JANTAR com meu cunhado, Abelardo Holguín. Ele me conta seus desenganos no âmbito literário e de sua opção por entrar, em contrapartida, para o mundo das comunicações como escritor de telenovelas.

A esse respeito, me conta sua conversa com o mandachuva da cadeia Tetravisão, o velho Rodrigo Pola, de quem muito ouvira falar porque sua carreira foi consignada num romance pré-histórico. Sei que Pola era filho de Rosenda Zubarán e Gervasio Pola, oficial da Revolução fuzilado em 1913 junto com os companheiros que denunciou para não morrer sozinho – "para morrermos juntos" ao grito de "viva Madero!". E ao fim e ao cabo Rodrigo se casou com uma aristocrata porfirista (quem se lembra disso?) chamada Pimpinela de Ovando e entrou para o mundo nascente da televisão, onde ascendeu a gerente-geral e poderoso empresário da mídia.

Abelardo reconhece que para chegar a seu Rodrigo Pola abusou dos privilégios implícitos no nome de seu pai. Pola não tinha por que saber que Abelardo estava distanciado de seu famoso pai, o Rei do Pão, nem exilado do reino das letras pelo papa literário.

De modo que o mágico sobrenome "Holguín" abriu as portas para o jovem, cuja aparência, ademais, já era uma carta de apresentação. Abelardo Holguín não havia sucumbido às modas juvenis que obrigam a vestir-se de ferroviário ou mendigo: entusiasta do cinema hollywoodiano dos anos 30-40, vestia-se conservadoramente, com paletó e gravata, como fazia Cary Grant. Aposto, naturalmente, que este gosto pelo cinema do passado e de época desaparecida, que só nele perdura, era um dos prazeres que uniram Abelardo e a mim, surpreendidos às vezes por Priscila em conversas que para ela pareciam em linguagem cifrada:

– Thomas Mitchell, só no ano 39, aparece em *Só Paraíso infernal, E o vento levou..., O corcunda de Notre-Dame, Mr. Smith Goes to Washington* e *No tempo das diligências*, pelo qual ganhou o Oscar de melhor ator coadjuvante – recordou Abelardo.

– *No tempo das diligências* – recolhi o tema – é uma adaptação da novela de Maupassant *Bola de sebo*, e no México a levou ao cinema Norman Foster com Esther Fernández e Ricardo Montalbán.

– Que era concunhado de Foster, casados ambos com as irmãs Blaines, sendo a mais famosa delas Loretta Young.

– Que teve um filho às escondidas com Clark Gable, concebido durante as filmagens de *The Call of the Wild*, o romance de Jack London...

– Que teve várias de suas obras adaptadas para o cinema, notavelmente *O lobo do mar*, com John Garfield e Ida Lupino.

– E também teve sua biografia em cinema, com um ator que foi apresentado e aclamado com uma grande sensação e depois desapareceu. Qual era o seu nome?

– Não lembro. Pergunte a Carlos Monsiváis.

– Ou a José Luis Cuevas.

– Ou, em última e suprema instância, a Natalio Botana...

Descubro que Priscila nos escuta da sala de jantar contígua, escondida atrás de uma cortina. Eu o sei porque seu Celestino não demora a admoestar Abelardo, como é seu costume, e de passagem a mim, o que não é usual.

– De que estão falando em segredo você e seu cunhado na sala?

– Não é nada secreto. De filmes antigos.

– Filmes? – Agita-se seu Celes. – Você disse fil-mes? Filmes que transmitem segredos, não é? O que você e Adão estão segredando? O que se dizem? O que estão armando contra sua irmã? Quem é Norman Foster, hem?

Ouço a bofetada que Priscila, ao ouvir essas palavras, dá na empregada que sobe com a roupa limpa para o quarto.

– Norman Foster é um diretor de cinema, pai.

– Ah, claro. Um di-re-tor, né?, assim mesmo, como quem não quer nada...

– Dirigiu *Viagem ao país do medo.*

– Ah, a coisa já apontou. Quer dizer então que esta é a palavra-chave, não é mesmo? O país do medo?

– Com Dolores del Río...

– Não mude o rumo da conversa, seu sem-vergonha, malandro...

Faz-me rir que o velho senhor Celestino use essas expressões, atribuídas à anciã que bateu com um guarda-chuva num jovem assaltante no ônibus Salto del Agua–Ciudadela-Rayón.

– Meus cumprimentos – digo rindo a Abelardo agora que nos encontramos para comer no Danubio das ruas de República de Uruguay. – Você se livrou de seu Celestino.

– Mas você continua ali – disse Abelardo sem má intenção.

– Não há nada como ser visto para tornar-se invisível. – Sorrio.

O senhor Rodrigo Pola, que deve estar beirando o centenário, recebeu, digo, Abelardo Holguín em seu sacrossanto escritório da Insurgentes metido num canastro de vime cheio de algodões que talvez preservem suas energias e lhe deem o calor que lhe falta ou lho devolvem, ainda que envenenado. Quanto calor gene um corvo de quase cem anos de idade? Questão não só física, mas filosófica: por que há homens que sobrevivem para além do cálculo "normal" da vida – setenta, oitenta anos? –, perdendo, é verdade, muitas faculdades, mas preservando ou, talvez, ganhando outras, inéditas até então? Dá pena ver homens que foram vigorosos, argumentativos, até discutidores, reduzidos à mudez e à cadeira de rodas, dependendo das esposas a quem toda a vida maltrataram, enganaram, desprezaram – e de quem agora dependem para comer, urinar, dormir e ser levados para lá e para cá. – Não valeria a pena, não seria preferível morrer a chegar a esses extremos de humilhação?

Eu digo a mim mesmo – e não o digo a Abelardo – que preferiria morrer em pleno uso de minhas faculdades, forte e ativo, sem nunca ser objeto de esquecimento e de lástima, dando pena ao homem jovem que visita o vexaminoso a quem uma vez admirou e que lhe serviu de modelo na vida, agora reduzido a babar e dizer tolices num canastro de vime...

Talvez por todos esses motivos o senhor Rodrigo Pola, que mantém suas faculdades mentais, não se rendeu aos apoios tradicionais que a ancianidade requer – cadeira de rodas, muletas, a cama mesma –, mas optou por enfiar-se num canastro de vime cheio de algodões.

Assim ele recebe Abelardo, dando-lhe umas passivas mas eloquentes boas-vindas daquele trono algodoeiro onde Pola conserva e recupera as forças que lhe restam com um trejeito de resignação elegante e um tipo de atuação – opina Abelardo – em que reuniu todas as forças de sua avançada idade e de sua fraqueza física transformada numa espécie de ocaso imperial.

– Como o Lama em *Horizontes perdidos*.

– Sam Jaffe, o ator.

– Frank Capra, o diretor.

– Papai, papaizinho, Abelardo e Adão estão falando em linguagem cifrada, alguma coisa estão pretendendo, deve ser contra mim, averigue, papai – bofetão na empregada –, defenda a sua filha, bateram as doze e sereno...

Que diria ela se ouvisse o czar das comunicações, o ancião Rodrigo Pola, conversar com o jovem Abelardo Holguín, explicando-lhe os segredos das telenovelas?

Senhor – dirige-se Pola cerimoniosamente a Abelardo; não o chama de "jovem", nem de "rapaz", nem sequer de "Abelardo", mas de "senhor", estabelecendo de antemão uma relação de respeito que é relação de trabalho. Ou seja, eu o recebo como quem você é, Holguín, filho do Rei do Pão, mas não pense que o seu parentesco lhe dá mais poderes que o de ser recebido por mim no grau mais alto da empresa.

Talvez conte mais a seu pertencer ao círculo do privilégio no México. É parte das cem, duzentas famílias que *contam*, que dividem entre si os negócios, o mercado financeiro e o mundo político, os convites para casamentos, jantares, férias, etc. Parece-lhe pouco? Então acorde, senhor, e dê-se conta de que somos *ameaçados*.

Talvez neste momento o senhor Rodrigo Pola suspire e você se alarme crendo que cada soluço do ancião pode ser o *último*. Mas torne a falar, para sua admiração juvenil.

– Ameaçados? – você pergunta.

O senhor Rodrigo olha com desconfiança para a direita e para a esquerda, submerso entre algodões.

– Veja, senhor, dê-se conta de uma coisa. Meu pai foi revolucionário em 1910. Eu nasci em 1909. Fiquei sozinho com minha mãe, *doña* Rosenda, que descanse em paz. Queria ser escritor. Desiludi-me a tempo. Dediquei-me ao que vinha, não ao que se foi. Esse é o seu problema, senhor. Entender o que é que fica e o que é que se vai. Quando um país quebra e suas elites desaparecem, outro país emerge e suas elites se confundem. Madero era filho de fazendeiros, Carranza havia sido senador do porfiriato. Mas Obregón era agricultor, Cales, mestre-escola, e Villa e Zapata, então, imagine...

Suspirou Rodrigo Pola contando-lhe, Abelardo, o que você já sabia?

– Mas todos eram homens *políticos*, tanto os letrados como os ignorantes. Ou seja, queriam o *poder* para transformar o país. E o fizeram. Criou-se uma sociedade moderna, industrial, com grandes atrasos sociais, também é verdade, atrasos que mal ou bem tentamos corrigir. Mas agora, seu Abelardo Holguín...

O senhor Rodrigo arregalou imensos olhos lá do fundo de seu sudário de algodão.

– Agora não vêm os revolucionários. Vêm os criminosos... os narcotraficantes... as prostitutas que os acompanham... os guarda-costas... e, como sempre, os funcionários públicos com contas de origem inexplicável na Suíça... Toda uma raça de gente viciosa, gente de uma vulgaridade inconcebível, senhor, gente sem classe; não são gente do povo, nem classe média, nem classe nada: são os do *lumpemproletariado* engrandecidos pelo crime, são os sequestradores da sociedade, os arrivistas mais sinistros, cruéis e ambiciosos, sem ideal algum, prontos para assassinar, explorar, corromper...

Deu outro suspiro, final.

Vamos responder a eles com novelas de televisão?

Diz Abelardo que o ancião sorriu. É difícil saber, lá no fundo do algodão.

– Sim, senhor. Vamos apostar em que muita gente vai se aferrar a seu aparelhinho de televisão em vez de ir para a rua e para o crime. E até nas casas dos criminosos, quem sabe se um de nossos dramalhões não toca um ou outro coraçãozinho e mostra, assim, o caminho da virtude?...

Desta vez, o sorriso foi amargo. Pola pigarreou (tudo em ele parecia final, terminal) e se levantou até onde pôde no canastro.

– O senhor me diz que quer ser escritor? O senhor pode escolher. Há diversos estilos de telenovela. As piores são as venezuelanas. As pessoas têm nomes demais. Passam metade do tempo chamando-se de "Francisco Edelmiro Bolívar" ou "Edelmira Scarlett Miroslava", e não acontece nada porque todos estão dizendo uns aos outros seus longuíssimos nomes. As brasileiras são as melhores, embora sejam inadmissíveis para nós. Há conflitos políticos demais. Nus demais. Cenas de cama em excesso. Na Colômbia, em contrapartida, juntam-se uma espécie de pudibundaria nacional e a intrusão do crime e da droga.

Abelardo fez cara de expectativa (conta-me ele).

– No México, senhor Abelardo Holguín, não aceitamos um só tema de controvérsia nas nossas novelas. Há os bons e os maus. Há homens poderosos e malditos. Há mulheres manipuladoras. Há famílias com filhos mistos, bons e maus. Mas há – é indispensável – a empregadinha modesta mas honrada de que se apaixona o menino-bem, o jovenzinho da família.

Abelardo disse desconhecer o barulho que emergiu do canastro. Seria o riso do ancião Rodrigo Pola? Ou a sua particular maneira de expirar?

– Não ultrapasse esses parâmetros, senhor. Tudo nesse discurso está cifrado: Pátria, Família, Religião e Estado...

– E a conclusão? – perguntou Abelardo.

– A empregada se casa com o menino-bem.

– E a herança? – ocorreu-lhe acrescentar.

– Primeiro a perde.

Pola se remexeu em seu leito pré-mortuário.

– Mas depois o herói refaz sua fortuna por esforço próprio, não a herda, e não perde a namorada tirada do extrato servil.

Diz Abelardo que o ancião, ao dizer isto, chupou suas próprias gengivas com um som terminal.

– Olhe – disse a Abelardo –, brinde comigo pelo sucesso de seu trabalho. Sirva-se uma taça. Tome. Eu lhe asseguro que este vinho nunca viu o sol.

17

ATÉ AGORA EU TECI os diversos fios de minha existência com acerto. Como lhes contei, toco minha vida profissional com seriedade extrema, sem admitir frivolidades nem desvios da parte de meus colaboradores. Minha vida em família disfarça minha vida profissional. Na casa do senhor Celestino Holguín, comporto-me como o que fui originalmente: o rapaz humilde que deu o golpe do baú em Priscila, a Rainha do Carnaval. Mas ambos os disfarces – o profissional e o familiar – ocultam, por sua vez, minha vida erótica, minha apaixonada entrega a Ele, com quem as horas de tédio, formalidade, presunção e ausência se transformam em momentos de comunicação, liberação, naturalidade e presença...

Dar-se-á conta Ele do que a sua pessoa, o seu amor, a sua companhia representam para mim? Na verdade, não sei. Não sei porque não sei, na verdade também *quem é Ele*.

Poder-se-ia pensar num ser frívolo, vaporoso, uma ave que vai de flor em flor sugando os sucos do jardim. Que se se entusiasma num concerto de Luismi. Que me pede frivolidades, como que eu raspe as axilas. E isso e aquilo.

E, por outro lado, que seriedade em seu comportamento cotidiano. Nunca vi apartamento mais bem arrumado que o de Ele. Tudo em seu lugar, quase por artes de berliques e berloques. O sexo introduz um alto grau de desordem em camas, banheiros, closets: ninguém pensa duas vezes sobre deixar jogada a cueca, a camisa, as meias: prova da paixão, da urgência erótica. Como os gnomos das fábulas, no entanto, Ele tem tudo arrumado de volta num piscar de olhos – ou ao menos entre eu entrar no banheiro, me assear e voltar para o quarto. Tudo está como se ali não tivesse acontecido nada. Ele já se vestiu e me espera na sala com o jaibol que acaba de me preparar, geladinho. Como se o uísque com soda fosse o prêmio por minhas pequenas proezas amatórias.

Ele sabe que eu sou um homem ambicioso. Sabe o que sabe pela imprensa, mas nunca me pergunta nada. Eu às vezes sofro um pouco por causa dessa barreira tácita que me impõe meu amor: nós viemos aqui para nos amarmos, para ficarmos juntos, para fantasiarmos. Se você quiser, eu lhe conto o que faço, Adão, eu sei o que você faz e não preciso de comentários: ame-me, não peço outra coisa: ame-me, Adão... Explico tudo isso porque esta tarde, não sei por que motivo, me sinto impelido a dizer algo a Ele que nunca lhe havia dito:

– Sou um homem ambicioso.

Ele me olha com "distância" – distância carinhosa, mas distância afinal de contas. Pega gelo na geladeira e faz o habitual barulho com os cubinhos transferidos para um recipiente de cristal cortado, como que para dissimular qualquer importância que eu queira dar à conversa. Eu lhe agradeço esse tom de normalidade. Ele me traz o copo de escocês e se senta, sorridente, a meu lado.

Bebe Orange Crush, o que me parece não só uma inconsequência, mas um sinal: ele vai me escutar afastado de mim pela distância que pode haver entre um copo de *scotch-and-soda* e um de Orange Crush.

– Sou um homem ambicioso – repito.

Ele entra na onda.

– Dizem que você conseguiu tudo quanto quer, Adão.

– Sou um homem ambicioso – digo pela terceira vez.

– Já é a terceira vez que diz isso. Por quê?

– Adivinhe-me.

– O.k. Você realizou suas ambições anteriores. Agora tem uma nova ambição. É um homem renovado. É Adão, o primeiro homem...

Acaricia-me a mão e logo a retira.

– Por quê? – diz Ele.

– Você já disse – devolvo-lhe a carícia, e me dou conta de que meus dedos levam a frialdade do copo de uísque que pus na mesa.

– Não. O que você ambiciona? Por que o ambiciona?

O leitor verá por que com Ele posso falar de tudo e nada, do máximo e do mínimo, sem medo de represália, má interpretação ou falsidade alguma. No entanto, eu me pergunto se esta tarde para nós inesperada me autoriza a falar com maior franqueza e se minhas palavras, mais que por outra coisa, não são ditadas pelo redemoinho de poeira que ao meio-dia apagou o sol e cegou vidraças do meu escritório.

Mergulho na confiança que Ele me dá, no contar com a temperatura de sua alma – que é, para mim, coisa líquida, algo fluido e contrastado com as águas paradas de minha vida familiar e profissional: Ele é água que corre tranquila e clara.

Posso dizer-lhe, assim, que me sinto ameaçado. Minha vida havia alcançado, em meu espírito, uma espécie de planície em que a satisfação primava sobre os restos de minha ambição e esta, minha ambição, se sentia dominada como um tigre que, tendo rondado livremente pela selva, espreitando seus inimigos, derrotando os fracos e, o mais importante, subjugando os fortes; como se esse tigre que sou eu tivesse aceitado as regras da paz doméstica, a jaula em que pode, ao mesmo tempo, rondar e ficar parado, comer sem ser comido, dormir à vontade e olhar para o mundo da altura de uma prisão voluntária porque ali estava encarcerado seu próprio poder, como uma fera doméstica que eu, Adão Gorozpe, posso alimentar, mandar como a um gatinho qualquer ou soltar para vagar pela cidade infundindo pânico e às vezes espalhando a morte...

O olhar de Ele era de simpatia. Não se atrevia a dar palavras à sua certeza: *Isso eu sei.* A mudança – não repentina, mas muito gradual – do olhar insinuava um *e agora o quê?*, há algo que rompeu a sua confiança, Adão, lhe puseram pesos nas asas, você está voando mais baixo que ontem, meu amor?

Eu lhe conto que, como Ele sabe, eu sempre comparei minha vida, minha profissão e a sociedade em que me movo a uma paradoxal cela da liberdade: livre porque o sou eu, numa jaula, sim, porque o é toda sociedade humana, enjaulada, mas uma jaula dominada por Adão Gorozpe, entende?

– Não nego os limites da minha liberdade. Eu os suporto porque meu poder é maior do que a minha liberdade, está entendendo?, acredita em mim?

Como numa ópera de Puccini situada numa água-furtada de boêmios, Ele diz, muito tranquilamente:

– Sim.

Ele nunca se atreveria a pedir-me uma explicação, e confesso que me custa dá-la. Atormenta-me uma dúvida: Ele merece algo menos que minha sinceridade absoluta? Até que ponto ser sincero com um amante é dar a este cartuchos para um fuzilamento futuro? Ser sincero com o ser que agora, neste momento, conjuga e açambarca a minha paixão é dar armas ao mesmo amante quando ele deixe de sê-lo?

O leitor entenderá que minha outra relação "sexual", com Priscila, já estabeleceu regras de comportamento invioláveis. Ela é quem é e faz o que faz: tudo é previsível, vinte e um anos de convivência o confirmam. Não há nada na maquiagem matrimonial de Priscila-Adão que solicite mudança, divórcio, nem que o mande Deus. Priscila é minha continuidade, minha permanência, e, se ela, no âmbito pessoal, não me dá grandes alegrias – muito pelo contrário –, me dá porém segurança e calma. Nesse terreno, as coisas são como são. Priscila diz estupidezes. Seu Celes não para de gritar. Abelardo vai embora de casa. A empregada é tratada a bofetadas.

É aqui, com Ele, que minha alma se enche de verdadeira satisfação, se é que estar satisfeito não é, em si mesmo, uma insatisfação no sentido de que reserva féis imprevisíveis para os méis de hoje. Tal é o grande *negócio* erótico: se você me dá tudo hoje, pode me tirar tudo amanhã? Nós nos sentimos livres do laço matrimonial que pode ser a corda no pescoço do condenado. E nos sentimos ameaçados porque, sem o compromisso legal, a liberdade pode, para ser livre, livrar-se de toda obrigação e deixar um dos amantes abandonado numa ilha solitária sem outra companhia além dos arrependimentos, dos torturados ordálios dos ciúmes, da saudade, de todas as dívidas da tristeza amatória...

Há divórcios? Há separações? Nada disso conta para o par que se deseja mutuamente e torna realidade seu desejo. Nada mais importa. E nada mais importa porque a paixão cobre todo o espaço das existências, não deixa janela, porta ou buraco por onde escapar. A sinceridade é a virtude ou a condição do terror e fervor eróticos? Isso é o que vou pôr, com todo tipo de reservas, medos e audácias, à prova com Ele nesta tarde dos crepúsculos desbotados pelos redemoinhos de poeira da época seca da cidade.

Quão longe ficou dezembro!

18

"QUE NINGUÉM TENHA A IDEIA de me suceder. Nem pensem."

– Nem sequer pense. Ele sabe tudo.

– Até o que penso a sós?

– Estou lhe dizendo que ele sabe tudo. É adivinho.

– A lealdade não basta?

– Ao contrário. Quanto mais leal você é, mais sacrificável será. Ou menos confiável, sei lá.

– Então, que diferença há entre isso e estar na oposição?

– Muito pouca. Se você é opositor, está mais protegido do que se é colaborador.

– A lealdade não basta?

– Mais vale sacrificar aos leais que sacrificar-se ou ser sacrificado. O líder supremo não tolera que ninguém lhe faça sombra. Ninguém pode alçar voo próprio.

– O que aconteceu com Longo?

– Foi preso. Depois o visitaram na prisão e lhe disseram: "Se você se declarar culpado, se salva." Declarou-se culpado e o fuzilaram.

– Onde está enterrado?

– Em sepultura anônima.

– Mas ele era parte da nossa história; merece reconhecimento...

– Foi exilado da história.

– E o que aconteceu com Bobby?

– Já não tem privilégios. Confessou seus erros.

– Também o fuzilaram?

– Não, agora trabalha em Xochimilco numa *trajinera*.

É o que chamam de "plano pijama". Em vez de fuzilarem você, transformam-no em jardineiro, em motorista, em...

– De *trajinero* em Xochimilco.

– "Que ninguém tenha a ideia de me suceder." Assim é.

– Mas se ele vai fazer noventa e nove anos!...

– Nem sequer pensem nisso...

– Nem sequer nem sequer nem sequer...

– Pensem nisso pensem nisso pensem...

– Adão Gorozpe é, enquanto viver, o perpétuo líder mexicano.

Acordei com uma sufocação alarmada. Toquei a testa. Um pesadelo.

19

NÃO, ISSO NÃO ERA um pesadelo. Era a realidade. Adão Góngora foi encarregado da deteriorada segurança pública e fez sentir seus métodos imediatamente.

– Todos somos cadáveres vindouros. – Foi sua primeira e macabra declaração à imprensa.

Tinham de vê-lo! Góngora é um homenzinho gordo e atarracado com cara de presunto cozido e precário penteado de cobrir a careca. O boné o faz crescer alguns centímetros. E se nega, em contrapartida, a usar salto cubano. Ufana-se de que com estatura tão baixa tenha poder tão alto. Foi nomeado para impor algo semelhante a ordem no crescente caos da República.

Faz declarações contundentes:

– Todos sabemos que a segurança nacional é insegura. As forças da ordem se aliam facilmente às forças da desordem. Os policiais ganham salários miseráveis. Os criminosos lhes aumentam o salário. De três mil pesos mensais para trezentos mil, que tal? O Exército nacional faz trabalhos impróprios para as forças armadas. É um Exército dedicado a tarefas de polícia e derrotado pelos criminosos, mais bem armados que eles, que tal?

E aqui vem a solução de Góngora:

– Eu farei uma limpeza nas forças da ordem. Menos policiais e mais bem pagos. Vamos ver se assim... Que tal?

Vamos ver. "Todos somos cadáveres vindouros. Que tal?"

Seu posto permite a Góngora entrar para a sociedade. Recebe convites. Faz convites. Todos querem que Góngora os proteja. Até meu sogro, o Rei do Pão, oferece um jantar ao diminuto policial.

– Ponha almofadas na cadeira para que ele alcance a sopa – sugiro a meu sogro, que não desconhece minha má opinião a respeito de Góngora.

– Ah, esse Adãozinho gozador – goza o Rei do Pão.

Vou precipitar o relato porque, em vista do sucedido, não tem sentido ficar dando voltas. Vocês já têm o retrato de Adão Góngora. Já sabem que ele é, infelizmente, meu xará, de modo que na mesa deste jantar, quando alguém se dirige a Adão, não sabemos se é Adão Gorozpe – eu – ou Adão Góngora – ele.

Tudo isso é só o prelúdio. As cortinas se levantam e o que meus olhos veem e meus sentidos captam é espantoso. Góngora não para de falar. Sabe que ele é a novidade. Sabe que ele é a estrela. Talvez seja inteligente e entenda que, passada a novidade, as estrelas se apagam, ninguém as olha mais. É, obviamente, um homem inculto. É, também, um tipo suspeito e sagaz porque suspeita da sagacidade dos outros. E tudo quanto diz ele não pode repetir em outra ocasião, primeiro porque todos saberão o que vai dizer, e segundo porque entediará todo mundo.

Eu o observo tagarelar com a intenção tanto de surpreender como de assustar os convidados à mesa do senhor Celes. Se for inteligente, não tornará a aceitar um jantar nesta casa. Adão Góngora é desses homens que em uma só ocasião dão tudo o que podem ou sabem dar. Socialmente, morrem com um tiro. Mas não o sabem, e na segunda vez provocam bocejo e se expõem ao ridículo. Isto os ofende gravemente, e eles então agem com crueldade. Suas palavras se esgotam. Resta-lhes a ação. E esta, rancorosa, é punitiva.

Entendo tudo isso vendo Góngora agir no jantar que meu sogro lhe oferece. Mas não é isso – tão previsível nas esferas do poder – o que mais me chama a atenção.

Priscila não tira os olhos de cima de Góngora. E Góngora, por mais que tagarele, a todo momento se dirige a Priscila, a olha e a *exalta*. Conheço, ah!, bem demais minha mulher, e me dou conta de que, acostumada à atenção de todos quando era a Rainha da Primavera e a Princesa do Carnaval, já não teme, depois de se casar comigo, ganhar quilos das dietas e aumentar folhas do calendário. Ninguém mais voltou a cortejá-la.

Vocês sabem que isso não me afeta. É, antes, parte do plano-mestre de minha vida. Advogado severo. Marido convencional. Amante ardoroso. O escritório. Priscila. Ele. Tudo neste discurso, etc.

E agora esse intruso vem bagunçar minha vida tão severamente ordenada. Esse intrometido, que além do mais é meu xará, olha com ardor crescente para Priscila, e minha mulher se ruboriza, baixa os olhos, os abre para o senhor Góngora, se deixa desejar, se...

Faço algo impróprio.

Algo vergonhoso.

Deixo cair o guardanapo e me abaixo a pegá-lo.

Observo o que passa debaixo da mesa.

Não acredito.

Minha Priscila e ele, Góngora, jogam *footsie* debaixo da toalha de mesa, tocam as pontas dos pés, Priscila tira um tênis cor-de-rosa, Góngora (com mais dificuldade) uma botina, e os dois se regozijam neste encontro de extremidades que é apenas o prólogo de intimidades.

O quadro de minha vida muda nesse instante e me propõe enigmas e desafios não habituais em áreas que eu julgava ordenadas para sempre.

20

ANTES DE TUDO, OBSERVO com discrição os atos com que Góngora se propõe a restabelecer a ordem.

Entra a ferro e fogo nos acampamentos denominados *Gorozpevillas* para minha desonra e injúria, acusando o mundo dos negócios e o dinheiro da pobreza e da marginalização desses seres que agora Góngora detém, encarcera e maltrata acusando-os de vagabundos, malfeitores e doenças sociais, quando todos sabem que a maioria é gente de classe média média ou média baixa que perdeu emprego, economias, apartamentos e não teve outra saída além de viver nas cidades perdidas das imediações da capital.

Emprego e economias. Também lares, casas em áreas residenciais que de um dia para outro perderam por não pagar hipotecas. Gente hábil, mas pouco previdente, pois, reduzida à miséria que sempre rodeia as ilhotas da relativa prosperidade no México.

Igualmente, foi parar nas *Gorozpevillas* que nomezinho! – grande quantidade de *braceros*, trabalhadores migratórios que já não encontram saída. A fronteira norte foi fechada, e eles têm de ficar aqui, sem emprego e sobretudo sem programas oficiais de trabalho porque vivemos no mercado e o mercado se ocupa de resolver os problemas da oferta e demanda trabalhista, sim, é claro!, exclamo desiludido com a própria filosofia que me encarreguei de consagrar: o Estado é mau, o mercado é bom, o Estado é um ogro, o mercado é uma fada...

É aqui que entram as forças da ordem comandadas por Adão Góngora a soltar cães assassinos, atear fogo nas miseráveis barracas, estripar camas e sofás, dar uma cacetada nos que resistem a deixar os lugares, e nos que não resistem também, e eu me pergunto se já deixaram por necessidade seus lares em Anzures e Patriotismo para ir para as mal chamadas *Gorozpevillas*, dali para onde irão?, o que lhes resta? Se já estão nas margens da capital, que lhes resta?, a montanha, o vulcão, a planície deserta, Cuernavaca, Toluca? Mistério. Já veremos. Talvez Góngora tenha um plano-mestre que desconheço mas imagino: será demógrafo o meu sinistro xará?, pretenderá livrar o Distrito Federal de sua população excessiva e obrigá-la a emigrar para a província?

Vejam como sou gente boa. Penso o melhor de Góngora. Obrigo-me a pensar assim pelo bem do país. Fugaz ilusão. Não demoro a desiludir-me.

Dia a dia, a repressão se estende das barracas levantadas para as margens da estrada de ferro aos que encontram trabalho em feiras e circos – palhaços, equilibristas, cavaleiros, anões, vendedores de sementes, batatas-doce poblanas e chongos zamoranos. Que culpa têm?, talvez nenhuma; o que acontece é que Góngora vai contra gregos e troianos, tem de demonstrar sua *força*, e isso significa que vai contra *os fracos*, não contra *os criminosos*. Quando se atreverá com *os fortes*? Ah!

Há batidas contra drogados, delinquentes mentais, indigentes, bêbados, putas e putos, gente que não fez nada terrível, mas é identificada como "taras da sociedade", assim os define Góngora, e eu me pergunto: até onde pretende chegar?, e torno a me pergunto por que não ataca os culpados, mas as vítimas?, e me pergunto ainda quando vai se voltar contra mim?, quando Góngora o fará a) por eu ser rico e b) por ser casado com Priscila?

O inciso a) começa a se encher de sentido à medida que Góngora vai elevando seus atos de violência contra os pobres primeiro, contra os empobrecidos depois e contra os ricos por fim. Eu me dou conta – é claro que sim! – de que essas medidas escalonadas contam com a aprovação pública, mais animada pelo rancor do que pela justiça: Góngora encontra culpados onde só há vítimas, mas não parte para o castigo dos ricos, e isto lhe dará mais lauréis do que se engaiolara Al Capone. Eu o vejo ir e vir, pequeno e intruso, com penteado precário de tapar careca, em fotos e noticiários e, o que é pior, na minha própria casa, que é a de meu sogro, o senhor Celestino Holguín, a casa a que Góngora vem para "tomar chá" com a famosa ex-Rainha do Carnaval de Veracruz, ou seja, minha esposa.

Todo o que me conduz ao inciso b) e à renovada circunstância de minha mulher, dona Priscila. Porque, se primeiro o *capo* Góngora vem tomar chá na casa do Rei do Pão, pouco depois já não vem, mas é Priscila que vai. Aonde vai? Diz que com sua prima Sonsoles, o que é fácil de confirmar:

– Não, Adão, Priscila não está aqui. Há meses que não a vejo. Tchauzinho, Adão.

Esta falta de discrição da parte de Priscila só me comprova que a Rainha do Carnaval mente mais que o próprio Rei Momo e não toma precauções porque não está acostumada, inocente!, à traição que eu, esperto!, pratico com refinada astúcia.

Eu me pergunto, macho que sou, se existe comparação entre a tomada de minha mulher e a tomada do poder. Para quase todos nós, conquistar uma mulher é prova suficiente de masculinidade e, relaxados, retornamos a nossas diversas ocupações. Para alguns homens, dignos de pena, tomar o poder é vitória suficiente e já não sente necessidade de nada mais: a mulher é dispensável, dona de casa, avental sem rosto. Para outros – e creio que Góngora entra nesta categoria maldita –, ter poder e ter "mulher" são sinônimos que se complementam perfeitamente. Eu o entendo, meus caros, porque eu também pertenço a esta categoria. Tenho poder e tenho amante, valha-me Deus, e não averiguem vocês nada mais!

O mais surpreendente, porém, é a transformação que esses fatos operam em Priscila, uma mulher que eu acreditava conhecer como a palma da mão e que agora sucede ser um punhado de formigas que eu não controlo. O que aconteceu? Não quero dar lugar à banalidade das banalidades: Priscila tinha necessidades sexuais que eu desconhecia. Adaptou-se ao nosso modo de vida porque se deixou levar, como a maioria das mulheres. Conforto. Marido. Casa. Empregadas. Era difícil imaginar Priscila em outra situação, como, por exemplo, a Chachachá engaiolada na prisão feminina de Santa Catita. No entanto, a Chachachá me parece uma freira ao lado das demências que suspeito em minha mulher, e a Rainha do Mambo é mais leal ao gângster Viborão que a Rainha da Primavera a mim.

21

NADA DISSO INTERROMPE A FEIRA da vida.

A A.M.M. (Aliança por la Moral Mexicana) intensifica sua campanha contra os homossexuais. As famílias se organizam contra os gays, inclusive e sobretudo se se trata de seus filhos. São pais de família com ostentação de valentia. Casa onde há um rapaz homossexual, casa onde o corajoso pai de família põe um cartaz na porta:

AQUI VIVE UM PERVERTIDO

Pervertido e *perversão* são palavras favoritas da A.M.M., e sua recomendação divulgada é:

CUIDEM DE SEUS FILHOS!

Estes, no entanto, se organizaram de maneira surpreendente. Entrevistado por este jornal, um jovem chamado "Orquídea" revelou o "estado precário" de sua vida desde que saiu do armário. "Meus amigos desaparecem e depois aparecem mortos", disse. "Tive medo de sair de casa, embora ali meu próprio pai diga que me prefere morto a veado." E acrescenta: "Meu pai me admite em casa porque diz que na rua eu acabaria morto." "Não me importa", respondo-lhe com desafio. "Mais vale puto que morto."

O grande número de casas e apartamentos abandonados por seus ocupantes por causa das hipotecas vencidas ou impagáveis propiciou um novo negócio nesta capital. A concorrência entre agentes imobiliários os leva a desacreditar o concorrente, e este, por sua vez, tenta desacreditar aquele. Algumas mostras recentes:

- "Visite a propriedade oferecida na Rua de Acatempam Sec. Famsa. Digamos: se esta casa não o espanta, é que o senhor não é espantável."
- "A casa anunciada na Avenida Masaryk parece um bordel africano."
- "Se tem senso de humor, visite o apartamento oferecido na Vallejo e morra de rir."
- "Não se deixe enganar. A propriedade colocada à venda no Eje Sur fica ao lado de um lixão municipal. Fede!"
- "O senhor é masoquista? Então lhe agradará a casa oferecida na Virrey de la Cerda."
- "O apartamento por alugar na Calzada San Joaquín tem cocô de barata nos closets. Cuidado!"
- "Você gosta da idade das cavernas? Então vá depressa e alugue a casa situada no mal chamado Rincón del Cielo antes que Trimalcião a alugue."
- "Se quer saber o que o espera, vá secretamente à entrada do edifício na esquina de Zarco com Valerio Trujano e diga-nos se confia no sinistro casal de porteiros."
- "Passe um só dia de sua vida no quarto do apartamento oferecido na Plaza Popocatépetl para saber o que sente quem é espiado pelos vizinhos."
- "Você se sente a gosto num calabouço? Então não deixe de alugar o miserável porão oferecido como luxuoso apartamento no Jardín Pushkin."

Uma senhora de quarenta e tantos anos veio à nossa redação dizendo-se mãe do Menino Deus que prega na esquina de Insurgentes com Quintana Roo. Ao perguntar-lhe nosso repórter se era a Virgem Maria, respondeu enfaticamente que sim. Obrigada a submeter-se a exame por uma de nossas enfermeiras de plantão; sua pretensão mostrou-se improcedente.

Em ribombantes declarações à imprensa, o senhor Adão Góngora, encarregado da segurança nacional, anunciou sua profunda saudade da longa época de dominação do Partido Revolucionario Institucional, quando os sindicatos eram somente do governo, não existia realmente o direito de greve, os trabalhadores estavam submetidos ao patrão e o patrão era pró-governo. Acrescentou o senhor Góngora que, se dizia isso, era – repetia – por saudade, embora se desse conta de que o que passou, passou. Agora a situação é diferente e exige medidas novas. Os articulistas mais críticos viram nessas declarações uma intenção de endurecer as medidas de segurança, aproveitando a saudade de um passado mau para impedir o horror de um presente pior.

O Menino Deus dos domingos protestou energicamente contra o usurpador que diz chamar-se Jenaro González e pede que de agora em adiante sejam identificados os numerosos imitadores do Santo Menino que estão surgindo por um sinal particular no corpo que só ele tem. O Menino se absteve de revelar este dado por medo de que os imitadores mandem tatuar sinais semelhantes. Será nas nádegas? Eis a pergunta.

Um importante astrofísico da Universidade Nacional Autônoma, cujo nome ele nos pediu não fosse revelado, considera que o cometa que numerosos cidadãos viram passar ontem à noite não é um cometa, mas uma simples mudança de posição no céu com relação a estrelas fixas. O cientista disse que este fenômeno se chama "Parallax", ou seja, a posição de um planeta tal como é observado de dois pontos separados.

Um prelado que nos pediu não revelássemos o seu nome respondeu com rapidez à anterior asseveração, recordando que em 1531 o cometa Halley apareceu no mesmo dia que Nossa Senhora de Guadalupe, razão por que não é possível excluir a verdade religiosa em favor da superstição científica – disse o prelado em questão. Ao lhe perguntarem sobre o significado religioso do cometa de ontem, o homem da Igreja disse que seria preciso saber o que não se sabe ainda, mas que se revelará um dia. Esta declaração foi recebida com aplausos pela comunidade dos fiéis.

A profusão de turistas chineses obriga nossos garçons a aprender mandarim em vez de inglês, como antes. Além disso, o viajante oriental exige lugares de refeição reservados, o que obriga os donos de restaurante a dividir os espaços de seus amplos locais, ontem orgulho da indústria de comes e bebes, agora divididos por cancelas, paredes e muralhas de toda espécie. "É preciso agradar ao cliente", explica o gerente do famoso Restaurante Bellinghausen, da Zona Rosa.

Notou-se que numerosos profissionais abandonaram suas ocupações tradicionais, criando um perigoso vazio de médicos, advogados, engenheiros e arquitetos. Quando um repórter lhes perguntou sobre o fato, os interessados responderam, como se o tivessem combinado, "agora somos mentores". O curioso e malicioso repórter indagou se agora se dedicavam a *mentar* a mãe, como se diz no México. O indignado porta-voz do grupo (pois se agruparam) respondeu: "Só queremos ser nossos próprios chefes, não xingar ninguém." (Permanece o mistério.)

Em coletiva de imprensa, os dirigentes da Alianza por la Moral Mexicana (A.M.M.) deram início à sua campanha nacional contra o homossexualismo. "Neste país não precisamos de mendigos nem de gays", declarou o presidente da A.M.M. "Vamos purificar a nação", acrescentou, concedendo que os homossexuais identificáveis podem, de acordo com a gravidade de seu comportamento, ser roubados, sequestrados e mortos. Um pai de família furibundo disse que seu filho gay decidiu chamar-se "Ángela", em vez de "Ángel", e alterou a certidão de nascimento, diplomas escolares e o passaporte, criando uma confusão infinita que faz a burocracia nacional perder horas e mais horas. "E se todas as bichas decidirem mudar de nome e documentação?", perguntou o indignado pai de família. O presidente da A.M.M. terminou declarando: "Lembrem-se todos de que o México é um país religioso, conservador e *violento, bem macho...*" "Que os castrem", acrescentou, furibundo, o cruzado da castidade.

22

OBSERVO OS MOVIMENTOS DE GÓNGORA. Faço-me de desentendido com relação ao seu presumível caso com minha pobre esposa e não me manifesto publicamente contra suas violentas e arbitrárias medidas de segurança.

Observo e calculo o meu tempo.

Sei que ele me procurará: ele me procura.

Não sei o que quer: alguma coisa há de querer. Há um pouco de presunção em sua postura. E um pouco de ameaça.

Eu o recebo no meu escritório cortesmente e com cara impassível.

Não me contenho, no entanto, quando Góngora se aproxima de mim com a pérfida intenção de dar-me um abraço. Como o leitor sabe (e se não sabe, que aprenda), no México o abraço entre homens é um ritual imprescindível da amizade, e Góngora não quer faltar a ele. Só que meus instintos mais profundos o rejeitam, não tanto porque não desejo tocar o sujeito sabendo que a cortesia me impõe o abraço, mas porque desconfio que Adão Góngora sofre de um caso alarmante de halitose: precede-o um bafo de indigestão malcheiroso, como se a merda saísse pela boca do miserável e no seu cu habitassem suas palavras. O fato é que desconfio. Aproxima-se com ar de espiga de milho de feira, pulque espesso e nauseabundo, arroto insolente, pano sujo na língua e cheiro de animal morto nas gengivas.

Como evitá-lo?

Não posso. A cortesia se impõe. Comprovo a minha desconfiança. Adão Góngora *fede*. Creio que até ostenta seu cheiro de decomposição intestinal. Sua presença me provoca horror e dúvida. Como pode minha mulher, Priscila, que é idiota mas limpinha, aguentar tal fedor? Dúvida. Tem consciência Góngora de seu próprio fedor e o cultiva como mais um elemento de sua prepotência: vejamos, seu velhaco, você se atreve a me abraçar sem tapar o nariz? E ouça: nisso estão envolvidas sua saúde e sua vida, seu miserável.

Abraçamo-nos, pois, com todas as prevenções de uma e de outra parte que o leitor pode imaginar.

Todo para que entrasse logo no assunto.

– O que é que o traz aqui?

– Olhe, Gorozpe, as tarefas de segurança impõem deveres que às vezes não são agradáveis, ainda que, isto sim, necessários. Não quero enganá-lo...

– Ah.

– Por exemplo, a amizade. Que tal?

– Ah. É claro.

– Eu tento impedir que minhas obrigações e minhas amizades se confundam no mesmo saco. Que tal?

Sorrio.

– As cebolas aqui, os tomates ali. – Góngora não ri. – Só que ao se chegar ao poder... – Torna a sorrir. – O poder? Não pense o senhor que... O poder... Vamos...! O poder... Não vá...

Interrompe-me!

– O poder impõe obrigações nada, mas nada agradáveis, o senhor sabia?, está me entendendo?, que tal?

– Eu sei, eu sei. Como não ia saber?!

– Por exemplo, acontece que o amigo de ontem continua a ser o amigo de hoje, só que...

– Só que...? Ah! Conte-me...

– Agora eu sei coisas do amigo de ontem que desconhecia no amigo de hoje. Que tal?

– A saber?

– Não, não me obrigue a me antecipar.

– Senhor Góngora, o senhor é meu convidado. Eu não o obrigo a nada.

– Pois aí está. Ainda ontem, eu era um cidadão particular e com boa fama... Que tal?

Abstenho-me de sorrir.

– ... mesmo que meus inimigos não acreditem.

– E seus amigos?

– O senhor é meu amigo, doutor?

– Não sou seu inimigo, se é isso o que o preocupa.

– Não: é meu amigo?

– Não aspiraria a tanto. – Volto a sorrir e rogo ao Altíssimo que não me tire o sorriso, porque isso daria grande prazer ao meu interlocutor.

Ele mexe os lábios de forma sinistra.

– Então, seria apenas mais ou menos, assim assim...

– O senhor sabe que um homem como eu trata com muita gente. Com cortesia quando merecem; com amizade, raras vezes.

– E com grosseria?

– Nunca, nunca. Fui bem educado, sabia?

Góngora era de ferro. Fez-se de desentendido.

– Considera uma estupidez atacarmos um homem com o qual ainda ontem conversávamos cortesmente?...

– Jantávamos na casa de seu sogro? – antecipei-me com ambiguidade maliciosa.

Ele não registrou a alusão.

– Suponha que ao chegarmos ao poder nos sentimos obrigado a investigar um homem que ainda ontem era, portanto, se não nosso amigo, ao menos, sem dúvida, um respeitável conhecido...

– Suponho, sim.

– E que ao chegarmos ao poder ficamos sabendo de dados, nos apresentam provas de que esse amigo, ou conhecido, como o senhor diz, é um *malfeitor*. Que tal?

– Estou imaginando, estou imaginando – digo para a parede.

Iluminam-se os óculos de Góngora, de aro metálico.

– O que faria, senhor Gorozpe?

Faço a minha cara mais amável.

– Não o pergunte a mim; obviamente, trata-se de um problema seu. Eu, sabia?, não tenho inimigos. E o senhor?

– Eu tenho um cargo público. Que tal?

Interrogo sem dizer nada.

– E isso me obriga a agir, às vezes contra meus sentimentos mais nobres...

Agora, sim, faço cara de surpresa condimentada com escárnio.

– Tem jeito não – exclama, bem popular. – Que tal?

– O que é que pretende? – Junto os dedos das duas mãos e as aproximo do queixo.

– Não, pretender, não, seu Adão – eu *faço*, não *pretendo*.

– Então, o que faz?

– Cumpro. Que tal?

– Com quem? Ou com quê?

– Com minhas obrigações.

– Parece que lhe pesam...

– Cumpro até com meus amigos. Que tal?

– Seus conhecidos...

– Sim. Eu os *arruíno* se quiser. Que tal?

– Pois siga adiante, senhor Góngora. O que é que o impede?

Levantou-se. Despediu-se. Saiu de meu escritório.

Não sem que eu o detivesse para dar-lhe um abraço.

– Não me preocupa ser amado ou odiado – declarou ao deixar meu escritório.

23

POSSO DEDUZIR MUITAS COISAS da visita de Adão Góngora a meu escritório. Limito-me a três delas: 1) Góngora quis intimidar-me, dando-me a entender que seu poder é muito grande. Tão grande quanto sua *estatura pequena*, convidando-me a examinar a trajetória de sua brutalidade e inquietar-me com a pergunta: quando vai caber a você? – isto é, a mim...

Eu previ tudo isso e por ora me limito a consignar duas coisas: a) eu entendo o propósito de Góngora e b) não penso em cair em sua armadilha e deixar que o diminuto indivíduo me assuste.

A outra questão seria: 2) Que posso fazer eu para antecipar-me aos maus propósitos de Góngora?

E a questão não dita é que 3) Góngora se apresentou na sua qualidade oculta de amante de minha esposa, Priscila, a Rainha do Carnaval, é claro, sem aludir sequer ao que ele poderia ou não saber, a que eu mesmo não sou fiel a Priscila e que Priscila, com estrita justiça, teria direito aos mesmos privilégios eróticos que eu, sobretudo considerando que durante vinte e um anos nossa relação se reduziu a brincar com escapulários que ela usa para cobrir o sexo, sem olhar o meu.

Restam-me, além do anterior, numerosas hipóteses acerca do segundo inciso da trama. Minha mulher Priscila, como vocês sabem, é uma atordoada dama que diz coisas sem lógica nem propósito. Que isso possa excitar determinado tipo de homens não duvido. Que uma aproximação erótica a Priscila seja recebida com um salve-se quem puder! ou Colgate dá mais brilho! ou Vou pela vereda tropical! ou mais a propósito O aço preparai e o bridão! pode ser motivo – para quem não tiver o costume – de variada excitação. Acuso a mim mesmo, senhores: o hábito me fez perder a noção da secreta sexualidade de uma mulher que foi desejada pelos mais cobiçados galãs de sua época – tão *cobiçada* que afinal não se casaram com ela, adivinhando, talvez, um *perigo* na pessoa de Priscila que eu, pobre de mim, não pude perceber ou sufoquei sem compaixão.

Estudo minha mulher e não vejo nela nada que a diferencie da senhora com que estou casado há vinte e um anos. A culpa será minha? Teria Priscila encantos que eu já não aprecio, dada a força do hábito? São necessários olhos novos – ainda que sejam tão míopes e desagradáveis como os de Adão Góngora – para *ver* as virtudes de Priscila, as que eu já não reconheço, mas outros, *sim*?

Estou, por tudo isso, à beira de uma decisão que pode ser fatal. Redescobrir Priscila. Ou melhor, *descobri*, já que me casei com ela sem amor, permitam-me admiti-lo, como simples ardil – *golpe do baú* é chamado – para iniciar minha carreira casado com uma mulher rica e no seio de uma família importante.

Aí está: admito a minha culpa. Declaro-me, *ab initio*, um sem-vergonha, um arrivista, um tipo desprezível. E ao fazê-lo me sinto *limpo*, drenado de qualquer pecado cometido em prol de minha ascensão, pelo sentimento de que, talvez, se consultar a fundo a minha alma, encontre ali a verdade, *outra* verdade: sim, eu me apaixonei por Priscila, não por sua fortuna; sim, eu a desejei e me senti vitorioso sobre os pretendentes que, como se diz, não pensavam em se casar com ela...

Quem o diz? E se Priscila fosse cortejada seriamente pelos rapazes do Maserati e escolhesse o melhor motorista de luxo? E se eu não cheguei a ela como um quebra-galho masculino que encontrou – por acaso, por sorte, por infelicidade – o seu quebra-galho feminino, mas a conquistei, a arrebatei aos galanteadores do gênero Maserati e ela preferiu a mim aos milionariozinhos que a assediavam?

Que tal?, como rubrica suas frases Góngora.

A gente inventa razões que são ilusões sobre os restos de antigos sentimentos evaporados há muito tempo. A gente refaz a própria vida amorosa com o livre engano que o tempo dá. A gente engalana com fitas o que não é mais que uma árvore seca há vinte e um anos. A gente...

Rejeito o movimento de minha alma, que acorda e se dirige para Priscila hoje como, talvez, há vinte e um anos. Só que vinte e um anos, *malgré* a filosofia do tango, são algo, sim, e corro o perigo de inventar para mim uma vida sentimental que nunca serviu para justificar algo totalmente alheio à minha primeira (e subsequente) relação com Priscila.

– Você nunca foi apaixonado por ela. – Fustigo-me mentalmente. – Só queria ascender. Queria segurança. Queria a proteção de uma Priscila rica, só isso, seu sem-vergonha, filho de puta...

Esta autoflagelação termina, no entanto, quando digo a mim mesmo que, quaisquer que tenham sido meus motivos iniciais para casar-me com Priscila, o fato é que vivi com ela mais de duas décadas. Somos um *casal*. Somos *casados*. Somos vistos como tal, como tal nos convidam para festas, nos sentam à mesa, nos perdoam, ah!, os maus ares de Priscila porque, era só o que faltava!, é a senhora de Adão Gorozpe e tem direito a flatular quantas vezes quiser...

Mas, como se combina este sentimento com outro que me assalta vingativo, indesejado, escondido como está no fundo secreto de minha vida: a relação com Ele? Posso reprovar a Priscila seu caso (suposto) com Góngora enquanto eu me dedico (comprovado) a meu caso com Ele?

Assalta-me um terror. Nesse raciocinar deixei de lado o mais importante. Se examinarem vocês minhas palavras (façam-no, eu peço), observarão que no princípio disse que Góngora sabia que não sou fiel a Priscila e que minha mulher teria direito etc. Mas não: Góngora não tem por que saber de minha relação com Ele, eu a mantive no mais absoluto segredo, nada na atitude de Góngora indica que ele saiba da minha vida com Ele, *nada*.

Ou *tudo*? Góngora sabe tudo, o mais recôndito? Não há segredos para Góngora? Tem a nós todos presos no punho de sua escura mão cheia de anéis de prata e ametista?

Nada, nada me autoriza a pensar que Góngora sabe. E nada, nada me autoriza a pensar que Góngora *não* sabe.

Será esta a verdadeira perfídia de sua visita a meu escritório? Torturar-me como me torturo imaginando que Góngora pode ou não saber de Ele? Porque ele pode se deitar com Priscila, e eu fico de todo tranquilo (é o meu propósito, se assim fosse). Sabe que pode lançar-se contra meus interesses financeiros, e eu de todo tranquilo porque me sinto impermeável a qualquer ataque local: minha fortuna está bem resguardada em lugares e instrumentos que não tenho por que revelar aqui...

Meu ponto fraco é Ele.

Se Góngora me ataca por ali, então, sim, pode ferir-me... fatalmente, na medida em que não pode atacar a Ele sem prejudicar a mim...

24

OUTRO PESADELO: ADÃO GONZÁLEZ APARECE em meus sonhos.

É um homem gordo, muito moreno, de cabelo crespo e lábios de trompetista.

Meu pesadelo, desta vez, é muito rápido, e os fatos se sucedem como clarões na tela de meu sonho.

Adão González faz uma lista de inimigos.

Começa a prendê-los um por um, devagarzinho.

A um ele acusa de faltar-lhe ao respeito com a bandeira nacional; a outro, de roubar fundos da assistência social; a um terceiro, de abuso de poder; ao quarto, de ultraje à figura onipotente de Adão González.

Em meu sonho – desta vez sei que *é sonho*, já não me deixo enganar –, os acusados por González se defendem:

– Ataca-nos para nos humilhar.

– Manda uma mensagem aos cidadãos.

– Ninguém está a salvo das minhas decisões arbitrárias.

– Que ninguém pense em se voltar contra mim.

– Que ninguém proteste, que ninguém peça nada a ninguém.

As famílias dos presos se queixam:

– Não pudemos ver meu pai.

– Meu marido está incomunicável porque é réu de perigo de fuga.

– Eu conheço as celas; medem dois metros quadrados, ninguém pode se sentar, nem se deitar sem dobrar os joelhos.

– Sou governador. E me tirarão o cargo para o qual fui eleito.

– Sou estudante. Condenaram-me por participar de uma manifestação.

– Sou prefeito. Estou há seis anos esperando que me julguem.

– Somos culpados de traição à pátria, de rebelião, de sedição.

– Estamos privados de todos os direitos.

– Somos culpados.

– Quem o diz é Adão González.

– Se ele é quem o diz, deve ser verdade.

– E viva Adão González!

25

RETORNO A ELE como o sedento chega do deserto a seu oásis. Só que agora tenho medo. Terão me seguido? Suspeitam? Que sabe Góngora? Que sabem seus espiões? Começo a ver rostos suspeitos onde antes só via olhares inocentes. Atribuo movimentos de espionagem pessoal a atitudes que antes me pareciam "normais".

Por que todos os meus colaboradores usam óculos escuros?

Por que retorno a Ele, pondo em perigo ao meu amor? Vigia-me Góngora? Sabe de meu caso secreto? Para que retorno? Só para dizer-lhe "A situação é muito perigosa. É melhor que deixemos de nos ver por algum tempo"?

Só que não sei se isso é verdade. Nunca menti para Ele. Ele conhece com detalhes a minha vida, os meus sentimentos, os meus temores, os meus desejos. Amo a Ele porque posso dizer-lhe o que nunca me atreveria a contar a ninguém mais. Sou um túmulo com meus colaboradores. Minha relação com Priscila e sua família é – ou foi – totalmente convencional.

Ele.

Só Ele sabe tudo.

Como vou dizer-lhe: "Veja que não vamos nos ver por um tempo", sem que ela me pergunte, como está fazendo, "Por quê?"?

– Por quê, Adão?

– Não posso lhe dizer.

– Não po...? Não acredito no que estou ouvindo...

– Não devo vê-lo. É pelo seu bem, eu asseguro.

– Pelo meu bem? Então por que não me dá as razões, Adão? O que é que está escondendo?

– Não estou escondendo nada. Eu juro que amo você e juro que não quero pô-lo em perigo...

– Em perigo? Eu me sei defender.

– Olhe, isto parece um diálogo de Rorschach. Aceite minhas razões e...

– É que você não me dá as razões. Só me diz "não posso ver você por um tempo". Só que isso quer dizer "não vou ver você nunca mais", está entendendo?, acha que sou idiota? Acha que antes de conhecer você eu não tive outros amores? Acha que não perdi os meus amores? Está pensando que você é o primeiro ou o único, seu idiota?

Nunca me tratara assim. Nunca me insultara antes. Eu disse e repeti desde o início: a nossa relação é de respeito mútuo, nós nos contamos tudo...

Tudo? Quando Ele me increpa – "seu idiota" –, me dou conta súbita de que eu lhe conto tudo e Ele não me conta *nada*. Que sei eu de Ele? De onde vem? Que amores teve? Por que tanto segredo?

– Por que tanto segredo? – digo de repente.

Ele me olha com espanto. Peço que não repita minha frase e evite a prova de Rorschach em que se transformou este maldito encontro.

Mal-dito. Mal-dito. Des-necessário. Que é que está acontecendo comigo? Que necessidade eu tinha de pedir a Ele que "nos deixáramos de ver por um tempo"? Idiotizaram-me tanto assim as circunstâncias? Por que digo (Ele tem razão) estas *idiotices*? Ganhou a partida, antes mesmo de começar o jogo, o senhor Góngora precário penteado de cobrir careca?

Tão dócil sou? Tão tolo?

Ia desdizer-me, não, Ele, é uma brincadeira, continuamos como sempre, não aconteceu nada, tudo como sempre, o.k.?

E não posso. Ninguém pode desdizer-se de uma imbecilidade que se julgava protegida pela franqueza.

Não entendo o que aconteceu. Não sei por que vim dizer a Ele "Não posso ver você por um tempo".

Esquecera que para um amante "um tempo" é "nenhum tempo": não voltarei a ver você. O amante não pode senão converter esta advertência num assunto-limite. Eu só queria protegê-lo de uma tormenta que não lhe concerne, que concerne a Góngora e ao uso do poder, mas de nenhuma maneira a Ele. Eu o entendo tarde demais. Já meti os pés pelas mãos.

São palavras que se sucedem como cataratas de fel.

– Por *um* tempo? Seu farsante. Diga a verdade. "Para sempre."

– Para sempre? Não se preocupe. Homens não me faltam.

– Não me faltam? Pegue a lista de telefones. Ligue para eles, seu babaca, vamos, marque você mesmo meus encontros.

– Meus encontros? Dê uma olhada na minha agenda, seu ingênuo, para ver como emprego meu tempo quando você não está comigo...

– Comigo. Acha que enquanto você está enfurnado no seu escritório ou comemorando aniversários com a idiota da sua família eu fico assistindo ao concerto de Luismi?...

– Luismi? Luismi lhe dá ciúmes, pobre-diabo? Sente ciúme de um cantor lindo e admirado por milhares de seres humanos, mas com o qual nem em sonho temos contato?

– Com tato. Com tato se consegue tudo. O que é que lhe aconteceu, Adão? Por que me dá esse tratamento indevido? Você e eu não somos assim.

Só esta frase: "Você e eu não somos assim" é verdadeira. Tudo o mais eu invento, imagino, tão inesperada é a reação de Ele a uma sugestão que, vista *a posteriori*, foi uma suprema babaquice de minha parte.

–Veja que não vamos nos ver por um tempo...

Se o disse é porque a Ele eu digo tudo. E agora me dou conta de que tudo quanto lhe digo é não só *agradável*, mas *compartilhável*. Isto é: Ele e eu compartilhamos tudo, e parte importante desta "sociedade" que criamos se deve a que nos contamos tudo; mas tudo o que nos contamos nos aproxima ainda mais.

Só hoje, só desta vez, diante pela primeira vez da zanga de Ele, me dou conta da verdade.

Eu para Ele conto *tudo*: meus negócios, minha família, Abelardo foi embora, Góngora apareceu etc.

Tudo.

E Ele não me conta *nada*.

Que sei de Ele?

Nada.

Estritamente *nada*.

Ele vive no presente. *É o meu presente*.

Ele nunca me contou de onde vem, onde nasceu, quem eram seus pais... ou o que faz nas horas sem mim, além de ver televisão e ir a concertos no Auditório Nacional.

Freio-me mentalmente.

E eu? Contei a Ele de onde venho, quem eram meus pais, onde e como me criei?

Não é verdade que não?

Ou seja, de certo modo estamos os dois na mesma situação.

Eu não sei nada do passado de Ele. Ele não sabe nada do meu.

Por isso nos damos tão bem? Porque só vivemos no presente, para o presente, numa situação equânime em que Ele sabe tudo o que faço hoje e eu sei tudo o que Ele faz ao mesmo tempo?

Amantes do momento.

Amantes sem passado.

Amantes que se contam tudo.

Só que, até *hoje, tudo* era o de *sempre*. Não havia maiores novidades. Meus negócios se conduziam sozinhos numa situação de bonança injusta – crescem poucas fortunas, a maioria continua a viver na pobreza, é a Lei de Deus e sempre nos resta a devoção universal à Virgem de Guadalupe, que transcende ideologias e partidos, classes e contas de banco (ou ausência destas).

Minha família é o que é, nenhuma novidade ali. O Rei do Pão. A Princesa da Primavera. E o que mais? Que sei eu de Ele-passado? Que sabe Ele de Adão-pretérito? Nada, optamos pela felicidade do puro presente. Recusamos as armadilhas da biografia, da psicanálise, do boato e do "que dirão". Nossa relação já existe há um bom tempo, mas começa sempre *agora*, neste mesmo instante...

Só que de repente Abelardo sai do lar do Rei do Pão para ser "escritor". E o maldito Adão Góngora irrompe na minha vida, me propõe enigmas, intriga às minhas costas (sua visita ao escritório me confirma isso) e, para piorar, joga *footsie* com minha senhora, dona Priscila, a Rainha do Carnaval!

Eu recrimino minha falta de inteligência. Este não sou eu. Tudo o que disse me fez perder o passo. Tenho de recuperar o domínio da situação. Os eventos do escritório (a visita de Góngora) e do lar (Abelardo se mandou, Priscila joga *footsie* com um verdugo policial e mal-educado que fala de boca cheia e deixa que a comida lhe escorra para o queixo) me tiraram da rota que sigo e da pessoa que sou. E de minha relação privilegiada com Ele, contagiando-o com meus problemas oficiais e domésticos, puta que o pariu!

Tenho de recuperar a mim mesmo.

E por que motivo meus colaboradores me recebem de óculos escuros?

– Não vou permitir que a sua pessoa *consuma* a minha – diz-me com frieza Kelvinator Ele. – Eu tenho a minha própria vida. Não tente mudar a minha personalidade. Sempre fujo dos amantes que tentam se impor ao outro. Não o tente comigo, seu babaca.

– Não é preciso explicar em voz alta as mudanças das nossas personalidades – argumento com ele antes de sair.

Então Ele diz algo terrível:

– Se o mato, é porque o amo. E não o mato porque tenho medo de você.

E, embora eu esteja vestido, Ele olha com medo para o meu ventre. E diz de maneira inusual, com a cabecinha baixa:

– Não pense que a sua personalidade consome a minha. Eu não sou o seu consomê, Adão. Só posso ser a sua costela.

26

ABELARDO ME PEDE UM ENCONTRO. Em meu escritório? Não, respondo-lhe, ninguém de minha família deve entrar onde eu trabalho. Manter separados o escritório e o lar: regra pétrea da vida bem organizada.

Em El Danubio da Rua República de Uruguay. Comeremos mariscos, beberemos um bom Undurraga e ninguém nos incomodará agora que o restaurante foi dividido em pequenos lugares de refeição para atender à clientela chinesa.

Meu cunhado me conta suas aflições. Ele o faz com sensibilidade poética, e eu torno a me perguntar de onde saiu essa orquídea no meio de tanto cacto. Saiu correndo do grupo fechado e tirânico do escritor e encontrou asilo com Rodrigo Pola no universo da telenovela depois de passar pela Faculdade de Filosofia e pela cátedra de Ignacio Braniff. Mas isso, ele me diz, não preencheu seu grande vazio sentimental. As mulheres em torno do filósofo pertenciam à geração freudiana: todas querem continuar na vida sua experiência no divã do psicanalista, e sua conversa só se estimula como digressão psicanalítica: tudo o que nao fosse psicanálise era banalidade, e o homem que não levasse a sério tal angústia monomaníaca seria não só um frívolo, mas, oh, horror!, potente no leito. E elas não suportam a potência viril. Temem ser dominadas. Querem domar o impotente, tratando-o com imenso carinho, pesquisando as razões secretas de sua deficiência sexual: pai, mãe, Édipo, Eu Casta, Ele Casto, Tu Casta, Eddy Poe, a culpa é do corvo, fecharam mal o caixão, o gato negro se deixou pegar?

Manipulado pelas garotas Freud, Abelardo buscou o contraste com as garotas da televisão. Viu os programas, e, embora os diálogos fossem estúpidos, algumas moças eram não só bonitas, mas pareciam inteligentes. Ele optou, no entanto, por relacionar-se com a feia – ou, antes, a falsa feia, a atrizinha que diante das câmeras usava aparelho nos dentes e tranças camponesas e dizia "o que o patrão mandar". Apenas meio seduzida, a atriz em questão revelou-se uma mulher mandona e desbocada, e, se Abelardo lhe disse isso, ela o chamou de idiota que não entendia que uma atriz é na tela o contrário do que é na vida real e bice-bersa (assim pronunciava o v). E, se Abelardo queria encontrar uma garota angelical, que seduzisse a vilã com tapa-olho... Puras sacanagens!

Depois destes dois fracassos, Abelardo, um homem jovem necessitado de companhia feminina para complementar sua vocação literária desviada, por sua vez, pela necessidade de ganhar a vida escrevendo telenovelas, sentiu outra necessidade: a de se aproximar de Deus para receber a ajuda divina e sair das contradições que o assediavam.

Assim, começou a ir à missa das oito da noite na Igreja da Sagrada Família, diante da Sorveteria Chiandoni, local onde ele havia feito sua primeira comunhão (o templo, não a sorveteria).

Naquele dia se ajoelhou no terceiro banco diante do altar e esquadrinhou o lugar: era-lhe muito difícil concentrar-se para rezar e não havia, àquela hora, cerimônia na igreja vazia.

Na primeira fileira havia uma mulher ajoelhada.

Vista de trás, exibia apenas um longo véu preto cobrindo-a da cabeça à cintura. A mulher não se mexia. Abelardo esperou algum movimento, por leve que fosse. Ela continuava imóvel. Abelardo se inquietou. Sentiu o impulso de ir até a primeira fileira e averiguar o que estava acontecendo com a mulher. Impediu-o sua natural discrição e a regra de cortesia, que numa igreja se multiplica como a Santíssima Trindade.

Esperou cinco-dez-doze minutos.

A mulher continuava sem se mover.

Abelardo se decidiu. Levantou-se da terceira fileira e foi até a primeira. Deslizou para o lado da mulher imóvel. O grande véu lhe cobria o rosto. Que fazer? Tocar-lhe o ombro? Perguntar-lhe: Senhora, a senhora está bem? Ou ser discreto, aguardar. Orar juntos na igreja vazia. Mas de fato estaria rezando a mulher velada? Abelardo quis ouvir. Não ouviu nada, exceto um murmúrio distante. A ação era igual à respiração. Não era possível distinguir uma de outra.

Então a voz de seu pai, o senhor Celestino Holguín, chegou intensa aos ouvidos de Abelardo, recriminando-o, seu covarde, cadê as suas calças?, seu babaca, enquanto a invisível Priscila gemia lá do altar vazio, *cajeta envinada*, reis magos, Insurgentes esquina com...

Abelardo se deu conta, na penumbra da Sagrada Família, que ele repetia audivelmente as frases de seu pai e de sua irmã, sem querer, impelido por uma misteriosa imitação que se fazia escutar como que para suprir o murmúrio inaudível da beata ajoelhada a seu lado.

Só que, quando Abelardo disse "Insurgentes esquina com...", a senhora em questão virou o rosto velado para Abelardo e terminou: "esquina com... Quintana Roo."

O mais é história.

27

Foi cometa? Ou foi tremor de terra? Adão Gorozpe tem uma lembrança física traumática do terremoto de 1985. Ainda não estava casado com Priscila e frequentava, jovem estudante, a casa A Tapada nas ruas de Durango.

Como num gado, o novo cliente era recebido pela vaca máxima, que mostrava as bezerrinhas pondo-as em fila na sala.

– O cliente escolhe: come quem e como quiser!

Havia a conhecida variedade. Magras e gordas. Jovens e não tão jovens. Com chiclete e sem Adams. Experientes e inexperientes. O jovem Adão escolheu a moça mais núbil: uma morena clara de cabelo longo que lhe caía até as nádegas, um sinal falso junto à boca, olhos esverdeados, boca entreaberta.

Qual é o seu nome?

Zoraida.

Não disse "para servir ao patrão", como as empregadas das telenovelas.

Zoraida. No espírito do jovem Adão apareceu a imagem da bela princesa mourisca de *D. Quixote*, descrita por Cervantes como uma mulher que chega montada num jumento, com o rosto coberto e vestida com uma *almalafa* que lhe ia dos ombros aos pés, gritando não, não Zoraida! Maria, Maria! Zoraida *macange*!, que quer dizer não.

Dizer *não*. Ser livre.

Só dizer *sim*. Outra forma da liberdade?

A simetria especular entre a Zoraida literária e esta jovenzinha bem real perturbou o espírito de Adão Gorozpe (que sou eu, o narrador em encarnação anterior, porque ser jovem é como ser outro) a ponto de ele hesitar quanto ao propósito de se deitar com uma mulher que, à primeira vista, lhe parecia ideal e, por conseguinte, intocável. Ou era apenas uma miragem? Zoraida não se parecia com as outras garotas do bordel, e só por ser *diferente* era *melhor* e, talvez, *virgem* e por isso *intocável*? Sim ou não?

Adão (que sou eu ou era aquele) procurou no olhar verde-cinza da moça uma resposta e só encontrou o poço virginal da estupidez. Então lhe pareceu ver todas aquelas pobres mulheres que o Adão solteiro e solitário, solitário e pobre, frequentava para aliviar suas angústias varonis sem sequer as olhar, convencido de que, gordas ou magras, feias ou belas, na hora de apagar a luz tanto fazia: Adão procurava e recebia uma satisfação passageira e instantânea diferente da masturbação só porque era compartilhada, e por isso, contrariamente a todas as advertências dos padres, menos culpável que o nefando gozo solitário que podia conduzir à loucura prematura e à esterilidade final (disseram os padres a outro homem que era eu).

– Não preste atenção a eles – ria-se seu professor, o colombiano frei Filopáter. – Lembre-se de que você se chama Adão. É – será sempre – o primeiro homem. O seu pecado não é Eva. É a maçã. E a maçã é a cobiça, a revolta e o orgulho. Ou seja, é o conhecimento.

Filopáter sorria, não sei se com zombaria ou com ironia. Diferença: a zombaria é tola e fácil, a ironia, difícil e inteligente, e agradeço a Filopáter esses ensinamentos que na minha vida erótica – tão secreta com Zoraida como com Ele – me permitem fingir-me de ignorante para admitir como verdade uma mentira dissimulada e ao final revelá-la como tal.

Como pude relacionar o ensinamento filosófico de um professor religioso com minha relação sexual com a mulher Zoraida? Admitindo que a ironia é a maneira de diminuir o que não suportaríamos, ou seja, a *verdade*. Ainda que o jogo não termine ali, nem sequer começa, e ironizamos para admitir como verdade uma mentira dissimulada a fim de revelá-la, ao final, como tal. Porque há demasiadas mentiras que passam por verdades.

Explico a origem de minha própria personalidade, a que vocês viram em ação em meu escritório, em meu lar e, abertamente, com Ele. Só que agora aparece em minha vida o sinistro delinquente Góngora disfarçado de agente da ordem, e isso exalta meu próprio senso de ironia como mobilidade de espírito contra Góngora e sua cara de lagartixa e sua desagradável mobilidade verbal fundada numa espécie de cimento interno, obrigando-me a empregar minha própria ironia como palavra que saiba parecer-se com o que em Góngora não é, nem pode ser, irônico nem defesa contra a simulação: empregar a palavra *a contrario sensu*, diminuir a verdade a fim de provocar curto-circuito nos absolutos da vida.

Valorizo mais que nunca a disposição *irônica* de minha pessoa em face da *malícia* de Góngora, suas piscadelas grosseiras, sua vulgaridade agressiva. Posso vencê-lo com as armas paradoxais da ironia, que domina toda e qualquer pretensão de poder absoluto – o encarnado por Góngora –, com o risco, admito, de me identificar com ele porque nem ele – o malicioso – nem eu – o irônico – levamos nada a sério? Confio que minha própria ironia derrote a malícia de Góngora usando melhor que ele três modos de ser.

A cobiça. A revolta. O orgulho.

As palavras de Filopáter ressoaram na mente de Adão (eu) quase como um mandamento moral. A cobiça, o afã de ganhar e conservar, não se referia apenas ao dinheiro, mas também à personalidade, à situação no mundo. E esta, a situação, não se herdava: ganhava-se graças à revolta contra os fatos, contra a fatalidade, contra o lugar designado por essas loterias de família, sorte, raça e geografia. Nada: o orgulho consiste em vencer todos esses funestos aziagos e construir um mundo próprio em que o sucesso anularia o pecado da cobiça e perdoaria a ofensa da revolta.

Que tudo isso passou pela cabeça de Adão Gorozpe (que sou eu, o que narra, mas que não sou eu, o que antes fui) é indubitável, tão indubitável como a celeridade do pensamento, unido à velocidade do ato previsto ao introduzir o pênis na nada virginal Zoraida. Não é isto o extraordinário, mas o que então ocorreu, sem intervenção alguma de Zoraida ou de Adão.

Tremeu. Foi o grande tremor de 19 de setembro de 1985, quando boa parte da Cidade do México foi destruída, sobretudo a área edificada sobre antiquíssimos lagos e canais que naquela manhã em que eu estava deitado com Zoraida retornaram para reclamar seu fluxo soterrado.

Mexiam-se as luminárias, os tetos, os móveis, soavam os cabides dentro dos armários, caíram no chão as imagens da Virgem de Guadalupe neste quarto e em todos os do bordel de Durango, a louça e as vaginas troaram, as pontes e as estradas se desvaneceram e fora do prostíbulo a cidade despertou sobressaltada consigo mesma, abertos os olhos para tudo o que a metrópole era e havia sido, como se o passado fosse o fantasma adormecido de México, o grande Deus da Água que ressuscita de vez em quando e, como não encontra leito, chega agitadamente, sacode seu corpo capturado entre cimento e adobe, penetra por bueiros e brota por esgotos, deixando um rastro de destruição que não é senão o pranto de uma impotência que é lembrado como antigo poder e que, terminada a obra destrutiva, regressa a seu leito profundo de paz poeirenta.

O fato é que eu, Adão Gorozpe, no ato de penetrar uma bela mocinha de olhos verde-cinza e cabelo solto, fiquei preso dentro de seu sexo.

Assim mesmo. *Preso*. A vagina de Zoraida se contraiu com o medo e com a simples sensação de que algo estranho estava acontecendo, e eu fiquei prisioneiro num sexo transformado em cadeado.

Não sei o que aconteceu. Por um lado, senti o terror combinado de um terremoto e de uma prisão. Eu não era dono de minha virilidade. Zoraida tampouco de sua feminilidade. Meu corpo de homem e o corpo da mulher juntos como os de dois cães vira-latas que não conseguem se soltar, isso me enchia de pavor: ficaria eu unido para sempre à bela Zoraida, eu a veria, diante de meus olhos, envelhecer, ganhar peso e cabelos brancos, talvez morrer? Seria a morte a única libertação possível desta união carnal? E ela também me veria envelhecer até cair morto em seus braços?

É claro que tudo isso eram ilusões machistas. Nenhuma ereção dura a vida toda.

Só que, naquele momento, a sensação de terror que descrevo coexistia com um sentimento de prazer infinito, prolongável até o final, não do momento, mas do tempo mesmo. Meu prazer dentro da mulher seria, será, eterno. A eternidade seria o prazer, e quem deseja um paraíso melhor?...

Aconteceram então três coisas.

Parou de tremer e os corpos se separaram com um suspiro, não sei se de alívio ou de pesar. Em todo o caso, com agonia.

Eu me levantei da cama e abri as cortinas. O ar ululava de sirenes. Havia poeira por todas as partes e alguns soluços distantes.

Olhei para fora. Havia tremido. Passou um astro. A manhã foi violada por um terremoto e redimida por um cometa que seguia a órbita do sol nascente. Sua cauda luminosa abarcava a cidade, o país, o mundo inteiro. Apontava, no entanto, longe do sol, em cuja órbita se movia. Queria libertar-se do sol.

Eu me afastei da janela.

Zoraida havia acordado.

Olhou meu corpo nu, primeiro com uma espécie de aprovação dorminhoca.

Depois, deu um grito.

28

Adão Góngora dá continuidade a seu ofício de trevas, como diria a magnífica Rosario Castellanos. Começou por esvaziar as prisões que ele mesmo encheu de pessoas de vida má, mendigos, vadias e gatunos.

– São menos perigosos do lado de fora – sentenciou.

Em contrapartida, deixou presos os classe média inocentes.

– Como exemplo. Os privilegiados já não são tantos, né?, que tal?

O fato é que os verdadeiros criminosos estão soltos e fazendo das suas, enquanto Góngora adormece a opinião pública e a sua própria consciência, quê?, encarcerando e desencarcerando todo o lumpemproletariado inocente, as trabalhadoras do sexo (que terá sido da bela Zoraida?), dando assim uma imagem de atividade pública em prol da segurança que eu julgo mentirosa, inútil e sem travas. O ruim é que as pessoas creem que, pelo fato de Góngora fazer tantas coisas, estas são importantes. Não é verdade. É uma grande farsa.

Como desmascarar Góngora?

Não pense o leitor que tudo quanto faço nasce de um afã de me vingar do meu maldito xará só porque lhe aconteceu deixar minha esposa apaixonada. Não: sou contra Góngora porque ele enganou o país. Sua repressão não atinge os culpados. Mais ainda: ele os protege. Na medida em que os criminosos miúdos vão parar na prisão, os grandes criminosos são esquecidos e respiram em paz, continuando suas atividades de sequestro, narcotráfico e morte.

Como desmascarar Góngora? Sobretudo, como castigá-lo por sua grande farsa delituosa sem que pareça uma vingança minha porque ele seduziu minha mulher? Delicada questão que não consigo resolver até que o próprio Góngora me oferece, sem se propor a isto, a oportunidade.

Eis como: Góngora cai na tentação de exercer o poder. Conste que ele já o tem. Mas que há um poder maior que o de um policial por mais poderoso que seja, é isso o que lhe falta saber e demonstrar.

Ou seja: Góngora mergulha nas profundas e traiçoeiras águas da política. Creio que, dada a corrupção gigantesca das forças da ordem, nas quais metade dos policiais são criminosos e metade dos criminosos, policiais, transformando suas "ocupações" em tarefas intercambiáveis, Góngora pensa que elevando este joguinho ao mais alto nível público pode seduzir-me e tirar-me de meu muito seguro lugar como advogado empresarial com influência, mas sem cargo oficial. Fórmula ideal. Não sei se o tosco indivíduo Góngora a entende totalmente, dado que uma bela manhã ele vem propor-me uma aliança – assim a chama ele – para levar-me, valha-me Deus!, à presidência da República.

Ele me diz que todos os políticos estão queimados. São inúteis. Não sabem governar. Não sabem administrar. Enfatiza as sílabas: ad-mi-nis-trar, artimanha verbal que conheço de sobra por meu sogro, o senhor Celes.

– Tenho uma ideia – diz lá de sua insólita atarracadice Góngora.

– Ah! – torno a exclamar.

– Que tal se o senhor e eu, xará, apoiarmos um candidato *impossível* para a presidência do país? Que tal?

– Que tal? – devolvo-lhe. – O senhor quer inventar a pólvora?

– Não, é sério. Que tal se eu, que sou a força pública, e o senhor, que é a força econômica, nos unirmos para propor um candidato impossível?... Que tal?

Eu o interrompo:

– O que quer dizer? Impossível por ser burro, desonesto, ou...?

Hesito. E concluo:

– Ou por ser impensável?

Góngora tenta sorrir. Não consegue. Passa a mão na cabeça, ajeitando o cabelo "precário".

– Não, *impossível* apenas para que seu *possível* avulte. Que tal?

O carrossel mental de Góngora consegue, admito, enjoar-me. Recupero a lógica.

– E quem seria então o *possível*?

– Quem mandar por trás do trono, que tal?

– O senhor sabe, seu Góngora, que já tivemos um Maximato no qual o presidente vivia em Palácio e quem mandava vivia em frente.

– Exatamente. Calles era o chefe máximo, e os presidentes, seus fantoches.

– E então? A história se repete? É isso o que senhor pensa?

– De modo algum, doutor. Nada disso. Porque desta vez quem ocupar a cadeira o deverá não a um só chefe máximo, mas a dois. Que tal?

Pausa prenhe.

– Ao senhor e a mim. O senhor é o impossível para que nós dois sejamos possíveis... Que tal?

Góngora se retira acreditando que, se não me convenceu, ao menos me intrigou e fez pensar. Está enganado. Não demoro nem dois minutos para entender que aquele mentecapto tenta dar uma de esperto, que as delícias do poder o inebriaram, que ele não sabe com quem trata – com Adão Gorozpe – e que talvez aquele São João das cavernas creia que aliando-se comigo transformará seu caso com Priscila, sei lá, num *ménage à trois* que não deixará de ser um ridículo *vaudeville*.

– Ao senhor e a mim.

– E quem será o presidente?

– O senhor, doutor, é claro que o senhor. Era só o que faltava. Que tal? Eu não estou tentando enganá-lo.

P.S.: Convidei Abelardo Holguín para almoçar no Bellinghausen. E vai, como sempre. Mas há algo nele diferente. Algo que não reconheço.

29

DESCONHEÇO. PERTURBA-ME DESCONHECER. Sobretudo desconhecer o que julgava saber. Por que meus colaboradores usam óculos escuros? Já consignei: não vou rebaixar-me a perguntar-lhes. Se querem ficar com cara de ceguinho, o problema é deles.

As relações familiares também usam, se não óculos, ao menos antolhos, como os cavalos, para que não se assustem e continuem em seu trote habitual.

E a relação erótica com Ele cambaleia feio, feio.

Priscila anda como numa nuvem. Flutua. Continua dizendo inconsequências, mas agora está mais atordoada que nunca, como se uma nova situação a tivesse impelido a ser tão atarantada como sempre, só que antes sua falta de causa e efeito era espontânea – parte dela – e agora parece, por paradoxo, ligada a uma razão que tento entender quando ela sobe a escada proclamando, com os braços para o alto, o roupão arrastando:

– Sou a Rainha da Primavera,

antes de chegar ao patamar e dar uma bofetada na nova criada, que desce com um monte de toalhas.

No dia seguinte, surpreendo Góngora na sala de estar da casa, ajoelhado diante de Priscila, como se tal anão precisasse ficar de joelhos para declarar seu amor: basta-lhe estar de pé para parecer ajoelhado o desprezível nanico.

Vá-se saber o que lhe estava dizendo, porque ela sussurrava:

– Diga-me mais, diga-me mais...

Ouvir este pedido idiota me faz pensar que Góngora e Priscila ainda estão nos prolegômenos do amor, que ele a corteja e ela se deixa amar, mas ainda não revolvem os lençóis. Assaltou-me a dúvida: e as mentiras de Priscila quando desaparece de tarde? Deitar-se-á com Góngora ou tomarão juntos um leite maltado no Sanborns, namorados santos como Mickey Rooney e Judy Garland nos filmes que costumo evocar com Abelardo?

Seja o que for, ao ouvir meus passos Góngora se levanta e, como não é bobo, não diz nada, cumprimentando-me com cortesia, mas Priscila, a imbecil, tem de exclamar:

– Ah, o senhor Góngora só estava amarrando o sapato. Meu Brasil, meu Brasil brasileiro, terra de samba e...

Olho com desdém para o sapato de Góngora e volto a me admirar com o fato de ele não usar salto cubano.

Eu cumprimento com uma inclinação de cabeça e me retiro pensando que, afinal de contas, pouco me importa o que façam Priscila e Góngora. É problema deles: não penso em castigo melhor para ambos do que se tornarem amantes. Eu me dou conta, com um suspiro, que tudo isso efetivamente não me preocupa.

Minha verdadeira angústia é causada por Ele.

Nunca nos tínhamos afastado tanto como agora. Menores são os problemas que se apresentam em meu escritório – o mistério dos óculos escuros – ou em meu lar – a transparente relação Góngora-Priscila.

Ele, em contrapartida, foi *a minha vida*. Isso é dito facilmente, mas ninguém comprova a expressão ou lhe dá sentido se não *a vive* – valha a redundância. A relação tensa e até interrompida com Ele, por causa de minha malfadada grosseria do outro dia, "veja que não vamos nos ver por um tempo", me põe os pés na terra, no sentido de que, até agora, eu fui o *triunfador*, me entendem vocês?, tudo me saiu bem, quase sem querer; faça o que fizer, as coisas acabam por ser a meu favor.

Podem chamar-me de "Rei Midas" ou "Rothschild" ou "Trimalção" e até difamar minha profissão ("Que você fique entre advogados"), mas a verdade é que me esforço em tudo quanto faço e me dou conta de que minha ação só obtém sucesso porque há nela um elemento não previsto, uma coincidência, um acaso que me favorece sem que eu o imagine.

Isto se sabe publicamente, e que bom! O que ninguém sabe é que eu conheço, sim, a origem da minha sorte. Tem nome. Tem sexo. Tem voz. Chama-se Ele. Sem Ele, tudo o mais viria abaixo. Ou, se existisse, não teria valor. Não digo nada que os leitores já não saibam. Cada um de nós entende que há um valor interno que dá preço ao valor externo das coisas. Ter dinheiro, sucesso profissional, amigos, tudo o que é bom na vida se baseia, afinal, na existência de uma relação amorosa fundamental. Seja com o pai e/ou a mãe, com os dois, com os filhos, com os amigos mais próximos, com um que outro professor (Filopáter). Sem essa *semente* não cresce nada. Amar e saber-se amado. Entender que, mesmo quando tudo faltar e o mundo desabar, ou ficarmos na rua da amargura, *o que for*, temos o *chão* de onde tornar a partir. Cada ser humano é uma ilha, diz o ditado inglês – *each man is an island* –, e nessa ilha nos acompanha um ente querido. Sem esse ente, vivemos sozinhos. Os Robinson não dão em árvore; a maioria de nós depende do carinho básico de uma, duas, cinco pessoas. Mas, se uma só nos amar, não pereceremos de todo.

Descrevo minha relação com Ele. Faço-o em tom incomum em mim, próximo da confissão, e a confissão é inaugurada nada menos que pelo paciente Jó: ele se confessa diante de Deus e ao fazê-lo escreve sua própria biografia. Converte a vida em ficção para *impressionar* melhor a Deus e, de passagem, à audiência mundana à qual diz não aspirar e para a qual, no entanto, de forma tácita, apela: Escutem-me, sou Jó, a alma da dor e da paciência.

Como confessar-se diante do mundo? Gritando? Articulando? Imaginando-o? Deixando para *outros* a tarefa?

Li Lucrécio com Filopáter e aprendi que, se Deus existe, absolutamente não lhe interessam os seres humanos (andar dizendo isso custou caro a Filopáter, que ademais acrescentou a heresia de Platão: se Deus existe, perdemos as esperanças, porque os deuses só favorecem a humanidade quando perdem a razão).

Deus louco e um indivíduo pecador, que dupla! "A alma é demasiado estreita para conter a si mesma", reza santo Agostinho. É por isso que deve criar um cômodo da forma amplificada da expressão que consiste em *confessar*, um gênero inimaginável para um grego que buscava a harmonia da verdade, não sua deformação voluntária por um coração acelerado como o meu. Santo Agostinho escolhe para isso a memória, uma memória amarga, e incerta para resgatar – diz – o que esqueceu.

Por isso eu não sou santo. Decidi *carecer de memória*, e já é hora de o leitor sabê-lo. O que lembro não desejo. O que desejo não lembro. Por quê? Talvez porque toda e qualquer biografia, disse-me um dia Filopáter, tem o propósito de se apresentar como algo verdadeiro, não fictício. A biografia seria obra da razão, não da emoção, tormenta que o biógrafo deve deixar para trás.

A cidade de santo Agostinho é a cidade de Deus. Era a cidade do padre Filopáter. Eu vivo na cidade do homem, onde um policial chamado Adão Góngora se ajoelha diante de minha esposa, Priscila Holguín, e ambos ignoram, em e com seus atos, o que eu sei. Que o coração tem suas razões e a razão as ignora. Que o coração quer escapar de suas prisões e que Góngora vive no cárcere do racionalismo mais chão, equivalente real dos cárceres de San Juan de Aragón e de Santa Catita, onde vão parar os prisioneiros deste neogongorismo policial que ignora que o coração tem sua própria história e que esta história pessoal não pode ser esgotada pela biografia, pela filosofia ou pela política, porque seu propósito, incrível, impossível, é nada mais nada menos que a recuperação do Paraíso.

A recuperação do Paraíso...

A recuperação do amor de Ele.

Que tal?

30

NOTÍCIAS DO COMETA:

Na continuada disputa dos cometas, o religioso Güemes (por fim revelou seu nome) alega que cada passagem do asteroide foi um sinal fatídico: 1965, o princípio do fim do PRI e da prepotência presidencial; o cometa de 1957, o fim do "milagre mexicano" e a perda da ilusão revolucionária; em 1910, nem falar: desde a Revolução, Madero entra na capital, treme, passa o cometa; 1908, o velho ditador Porfirio Díaz olha a passagem do cometa da torre de Chapultepec, anuncia que o México está maduro para a democracia e põe os bigodões de molho; 1852, a passagem do cometa coincide com o fim da ditadura de Santa Anna e o começo da revolução liberal; 1758, o cometa é a luz pressagiosa da revolução de independência vindoura; 1682, o vice-rei de La Laguna, conde de Paredes, manda enforcar, na pracinha de El Volador, Antonio Benavides, pirata do mar oceano que terminou a vida no altiplano seco, tudo para alcunhar-se, freneticamente, "El Tapado", prova de que cada passado contém seu futuro; em 1607, Luis de Velasco filho é nomeado pela segunda vez vice-rei da Nova Espanha; proíbe a escravidão dos índios, mas combate os negros *cimarrones* do caminho de Río Blanco comandados por Yanga, conquanto os fosse perdoar dando-lhes uma nova cidade em Veracruz, San Lorenzo de los Negros: o cometa, desta vez, veio para celebrar tão bom governo, alega Güemes; em contrapartida, em 1553, o cometa coincidiu com a terrível inundação da Cidade do México, demonstrando que sua passagem tanto celebra as felicidades quanto augura desgraças; e em 1531 (o homem de fé terminava seu habitual discurso) apareceram ao mesmo tempo o cometa e a Virgem: acabou-se o paganismo; senhor Vizarrón, triunfou a fé, sim, respondeu o cientista, Vizarrón, que não quis ficar para trás revelando, como o religioso, seu nome, sim, só que em 1508, quando não havia cristianismo no México nem santarrões dessa laia, senhor Güemes, o meteoro chegou acompanhado de raios e centelhas, os templos astecas arderam, houve agitação das nossas águas, o vento uniu seus lamentos à dor da Pranteadora que cada noite passava gritando pelas ruas da cidade, ai, meus filhos, ai, meus filhos...

– Prova do que digo: o anúncio de que Cristo já estava vindo – exclama o religioso.

– Fraude, um baita truque – ri-se Vizarrón. – O que une todos os cometas? Eu lhe digo: não é a História, mas a Física. O cometa está na órbita elíptica do sol. É feito, meu senhor, de gelo e rocha. Produz um envoltório gasoso. Tem um comprimento de um milhão de milhas. Ejeta estrelas particuladas. O cometa é obra do sol. Mas não reflete a luz solar. Reflete a radiação solar, o que é diferente; emite luz própria. Luz passageira, meu bom senhor. O cometa se vaporiza perto do sol. Deixa de existir.

– Mas coincide com fatos históricos, é uma manifestação visível da coincidência da fé com os fatos...

– É o senhor quem reúne história e milagre, milagre e cometa. Saiba: há nove cometas cada ano. O que me diz? O que me conta?

Nada além da voz do jardineiro de Adão Gorozpe (esse sou eu, o narrador), concentrado em seu trabalho: "Cometa, a ter sabido/O que vinhas anunciando/Nunca terias saído/pelo céu relumbrando/Não é tua a culpa/Nem de Deus, que te mandou."

31

PROCURO UM MEIO DE DERROTAR Góngora, e um simples telefonema me dá a solução.

O diminuto policial vem visitar-me, sabe-se lá com que avesso propósito. Eu topo com um de meus conselheiros, a quem peço que permaneça para indicar a Góngora que entre nós valem segredos. O que ele quiser me dizer, que o diga diante de testemunhas. Acabaram-se suas pequenas intrigas palacianas: se vamos governar nós dois, quem vai ser o número um e quem vai ser o número dois, se o número um é o encobrimento do número dois, ou se vamos nos tratar como iguais, só que eu, o civil, sou mais convincente como chefe de Estado que um militar, o militarismo acabou, o presidente tem de ser civil, etc., etc.

Como digo, peço a um funcionário de meu escritório que esteja presente no encontro com Góngora. Vamos ver se se atreve a propor coisas ilícitas e tortas na presença de terceiros.

Entra o liliputiano e disfarça seu desprazer com a presença de outro indivíduo.

– Diego Osorio – introduzo o meu colaborador.

– Adão Góngora.

Este faz um gesto de "boa-tarde" como despedida para o meu colaborador, que, obedecendo a instruções, volta a se sentar diante da visível incomodidade de Góngora.

Faz-se silêncio. Meu colaborador oferece um cigarro a Góngora. Góngora o recusa. Meu colaborador põe o cigarro na boca e, estendendo o braço para ver se funciona, acende o isqueiro perto do rosto de Góngora.

A chama nem sequer roça a face de Góngora. Mas Góngora grita.

Um grito assustador, de agonia, terror, exorcismo, medo, medo, medo.

O homenzinho se levanta. Não pode evitar o gesto: estende os braços como que para se proteger da inocente chaminha do isqueiro.

É a figura do terror.

Eu o olho. Nós nos olhamos.

Góngora delata nos olhos a fúria por ter sido descoberto em ato de fraqueza. Meu colaborador apaga o isqueiro. Entende o meu olhar. Entende os meus gestos. Acende o aparelhinho outra vez. Brinca com ele. A uma indicação silenciosa de minha parte, o aproxima sem dissimulação do rosto de Góngora. Góngora me olha com um ódio intenso. Estende a mão. Não se atreve a apagar ele mesmo a origem de seu terror. Esconde a mão. Tapa os olhos com a outra mão. Perde a pose. Dá-nos as costas.

Sai rapidamente de meu escritório. Meu colaborador volta a pôr a máscara negra que teve a amabilidade de tirar a favor da normalidade diante de Góngora. Obrigado, Diego.

Mas por que todos continuam de óculos escuros?

32

A CENA DESCRITA ME DEVOLVEU, meus caros, a confiança que eu receava ter perdido nos ásperos caminhos que aqui descrevi. Tudo parecia combinado para me desconcertar. Os óculos escuros dos meus funcionários. O renascimento romântico da minha pobre Priscila. O aparecimento do ameaçador militar Adão Góngora.

E, sobretudo, minha relação desafortunada com Ele.

Isto é o que mais me preocupa. Posso ficar sem colaboradores, esposa, frígidas amantes; posso ficar sem tudo, menos sem Ele.

Debato a sós: Devo conciliar-me comigo mesmo antes de voltar para Ele e dizer-lhe o que só posso dizer se antes o digo a mim mesmo?

Ou devo apostar na espontaneidade do encontro e apresentar-me diante de Ele, por assim dizer, nu, como o primeiro homem no primeiro dia: Adão e Ele?

Eu mesmo, leitor que me acompanha, não saberia, agora, distinguir esses dois momentos. Confundem-se em meu espírito. Com razão, pois na verdade são um só momento, e em termos taurinos chegou a hora da verdade.

Ele: você me aceitou sendo eu um homem orgulhoso. Você o aceita porque sabe que, à diferença da maioria, meu orgulho não se baseia na arrogância ou no narcisismo. Não sei se ambos merecem, ademais, o nome de orgulho. A arrogância não passa de uma pose vazia para consumo dos outros. Não sai da alma do arrogante, e tem um só propósito: impressionar a terceiros, humilhá-los, sobressair (e, às vezes, esconder seu próprio vazio).

E Narciso, já sabemos, é um homem apaixonado por seu próprio reflexo. É este o referencial que mais nos identifica, meu amor? Um homem jovem e belo está condenado a não ver-se, só a ser visto. É a consequência de sua origem: os deuses lhe deram o amor de tudo e por tudo, salvo o amor de si mesmo. Narciso é um condenado que possui mas não possui. Seu amante, por isso, é somente o Eco. Uma pura repetição do grito alheio.

Está sozinho Ele, sua voz é o eco de outro eco. E seu amante, Narciso, possui a velha promessa de chegar a ser velho com a condição de não ver nunca a si mesmo. Ele não sabe que isto é um privilégio divino, envelhecer e envelhecer, mas sem nunca ver o reflexo da passagem do tempo. *Saber-se* velho talvez, mas nunca *ver-se* velho.

O preço é não amar ninguém. Ser amado, mas não amar. Ser amado por um eco, por uma mera repetição. Por que, se dizem que sou tão belo, não posso me ver nem posso amar? Por que só sou amado por um eco? Quem sou eu?

Você sabe, Ele: nem arrogante nem orgulhoso, apenas curioso, mas penalizado pela curiosidade, Narciso vê a si mesmo refletido na água de um manancial urgente. Apaixona-se por sua própria imagem. Torna-se prisioneiro de si mesmo, de sua aparência, de seu reflexo. Imagine a angústia de Narciso, Ele, descobrir a beleza e não poder possuí-la porque a beleza é somente um reflexo na água, e esse reflexo é ele, o próprio Narciso, um líquido intangível e intocável...

O orgulho é uma manifestação da dignidade. A coisa mais egoísta da dignidade, se quiserem, mas não a menos importante: quem é digno pode ser orgulhoso, ainda que o digno possa ser modesto, e sempre me perguntei se a modéstia não é outra forma, disfarçada, do orgulho. A modéstia levada à situação da humildade pode esconder um orgulho diabólico que só espera uma oportunidade para manifestar-se, nu mas com rabo de diabo.

Digo isso para me apresentar diante de Ele com um sentimento não só de meu próprio valor, mas do valor de meu par erótico.

Até onde, para recordar nossa relação, deve cada um ceder diante do outro?

Ou não se trata de ceder, ao menos abusivamente, mas de conceder, quando muito, sem dizer palavra, exilando todo e qualquer sentimento de vitória, ou de derrota mediante um *gesto* de aproximação, um *movimento* de carinho, uma *atitude* que diga "aqui não aconteceu nada" (sabendo que algo aconteceu) e voltemos a ser os de sempre?

De verdade? Permite uma *absolvição* de faltas anteriores recomeçar uma relação como *nova* relação, ou devemos Ele e eu, a partir de agora e para sempre, suportar o tempo da resignação com o horário da ausência?

Talvez eu esteja evitando o mais simples e direto: Ele e eu nos amamos. Ele e eu precisamos um do outro. Na exaltação da briga, Ele disse que não, que Ele, sim, tinha passado, vida própria, que não precisava de mim. Eu nunca lhe disse nada parecido. Isso não me autoriza a me apresentar, agora, como a parte ofendida. Tenho de assumir o bem de compartilhar como parte do mal de perder.

Não sei se engano a mim mesmo pretendendo que tudo aquilo implica necessariamente arrogância ou narcisismo. Talvez a maneira de evitar este perigo consista em ser com naturalidade perseverante, se é que a perseverança é homenagem implícita à pessoa amada e não insistência grosseira diante da pessoa que nós desejamos, e ela não. Acredito que minha posição seja a correta.

Como vou saber? Não me engano. Só apresentando-me diante de Ele na difícil posição de admitir o que aconteceu, mas sem pedir perdão, apostando em que Ele, tanto como eu, deseja que voltemos a nos amar porque o sabemos tudo um do outro.

Há amores cuja condição é que cada um saiba muito pouco do outro. Esses afetos podem ser fogo de palha ou eventos duradouros, porque descobrir o par leva uma vida inteira. Até agora, minha relação com Ele cresceu porque sinto que, quanto mais coisas sei, mais coisas afirmo e confirmo. Levou-me esta certeza a jogar indevidamente com o carinho de Ele?:

"Temos de deixar de nos ver por um tempo", sem dar-me conta de que minhas palavras estavam sobrando: tudo o que em um momento me levou a dizê-las para proteger a Ele e salvar nossa relação das contingências políticas e familiares, das ameaças que se acumulam como nuvens escuras – Góngora, Priscila, Abelardo, os criminosos, as injustiças, a insegurança, Jenaro Ruvalcaba, a Chachachá, o Viborão, meu sogro, o Menino Deus das Insurgentes, meus colaboradores com óculos escuros de dia e de noite, tudo isso não passa, ao final, de algo banal, fictício, palha ao vento.

E por pouco não acabam com o nosso amor. Eu o poderei reinventar?

P.S.2: Liguei para o escritório de Abelardo na televisão. Responderam-me:

– Já não trabalha aqui. – Por quê? – Não sei dizer. – Onde está? – Quem sabe?

33

Agora sei o segredo de Adão Góngora: tem medo de fogo. Ele não sabe o meu. Nunca me verá nu. Começo um assédio a ele quando as dúvidas assediam a mim. Por que quero acabar com Góngora quando ele me faz o favor de distrair Priscila, rejuvenescê-la e insinuar-se – capacidade que eu perdi há muito tempo? Ah, se a única função do outro Adão fosse fazer o que este Adão não quer nem pode (seduzir Priscila), eu o deixaria em paz.

O problema é que Góngora não só é o galanteador de Priscila, mas o guardião da ordem, e a ordem que ele protege é uma grande mentira: acusar os inocentes e proteger os culpados. Sim, ele prende pequenos viciados, além de ricos e empresários. Mas não toca, nem com a proverbial pétala de rosa, nos peixes-grandes, nos grandes traficantes da droga, importadores de armas e criminosos da extorsão e do sequestro.

Custa admitir tudo isso, porque uma opinião pública ávida de ação aplaude a ação, seja qual for, a ação pela ação; diga o que disser, Góngora evoca as manifestações maciças de gente vestida de branco pedindo castigo para os criminosos. Góngora lhes dá prazer encarcerando pessoas de má vida e, de passagem, um que outro milionário. Como exemplo. E a classe média empobrecida? Para as *Gorozpevillas*.

O fato é que não se toca nos verdadeiros criminosos, e o outro fato é que dar-me conta disso me oferece uma oportunidade de agir, e de agir contra Góngora, que seu simples e idiota cortejo de Priscila, a minha senhora, não justificaria.

Tenho a ideia de começar com um ardil para desarmá-lo.

Decido passar por idiota. Convoco Góngora a meu escritório e lhe digo que estou de acordo com seu plano: tentar tomar o poder com Adão (eu) na cadeira presidencial e Adão (ele) como poder por trás do trono.

Góngora sorri com uma boca torta digna de Dick Cheney.

– A verdade, xará – digo-lhe aproximando-me de seu hálito infernal –, a verdade é que minha mulher, Priscila, se apaixonou pelo senhor.

Gostaria de ter fotografado o rosto de Góngora: surpresa fingida, intensa satisfação, tiques de mulherengo tenebroso. E cautela cândida.

– Não me diga. É verdade?

– Sim, eu digo, e olhe, não serei eu quem vai se interpor entre vocês...

– O que é que está me contando!?

– Não. O problema é meu sogro, seu Celestino Holguín.

– Problema?

– Problema.

O riso de Góngora é terrivelmente solene.

– Eu não sei o que é um problema. Que tal?

– Seu Celes é um católico de comunhão diária e de bater no peito.

– Que bom!

– Que mau! Nunca permitirá que sua filha se divorcie.

– Como sabe?

– Porque já tentei.

– Já sei que o senhor não satisfaz a Priscila. Que tal?

– Nem Priscila a mim. Aí está. O problema é que meu sogro não permitiria um divórcio. "O casamento é para sempre", costuma dizer; "um casamento só é dissolvido pela morte..."

Pausa prenhe.

– O senhor, seu Góngora, viu o quarto da falecida dona Rosenda, a mãe de Priscila?

– Priscila me fez o favor de...

– Dá-se conta do culto ao casamento que seu Celes professa? Dá-se conta de que nunca permitirá o divórcio de sua própria filha?

– Como não!? Às vezes passa pela sala quando estou tomando chá com Pris...

– "Vade-retro, Satanás, que daqui nada terás."

– Isso mesmo. – Góngora quis envolver-me com seu olhar mais turvo e só abriu os olhos. – Isso o senhor diz em voz alta. A que se refere?

– Meu bom senhor Góngora: a que nosso inimigo comum se chama Celestino Holguín.

– Seu sogro – diz Góngora com uma inconsequência que deve ter contagiado Priscila. – Que tal?

– Mas não o seu – interrompo o sonho de Góngora.

– Vamos ver, vamos ver – inclina-se meu xará, e eu, como quem não quer nada, lhe acendo um fósforo no rosto.

P.S.3: Abelardo me deixa um recado. Almoço amanhã às quatorze e trinta no Bellinghausen.

34

EU ME PERGUNTO, NO MEIO desta crescente tensão entre a verdade e a mentira, entre a comédia e o drama, se o que faço se está convertendo no que *devo* fazer, e isto numa defesa das famílias, dos alimentos, dos tetos e das posses sobre os quais e para os quais eu fiz – me dou conta – *a minha fortuna*.

Porque esse não é um dom pessoal nem algo sem atributos. Vejo o que está acontecendo. A presença física de Adão Góngora é a prova do que ocorre e me põe no aperto de frustrar tal personagem.

Como?

Talvez fazendo o contrário do que ele faz.

E isto me repugna. Eu me dou conta de que para vencer Góngora tenho de enganar Góngora, primeiro, com razões tão pueris como as que acabo de dar. Mas, segundo, com atos tão brutais que o próprio Góngora não os possa superar, nem sequer igualar.

O nosso é um país de fortunas recentes. Talvez na época colonial o clero e os ricos dividissem entre si o bolo em troca de prover-nos a mesa. Mas, a partir da Independência, a mesa perdeu os pés. Sem o amparo da Coroa espanhola, a nova república se converteu num Rosário de Amozoc, num *Donnybrook*, num *chienlit*, num bordel e, para dizê-lo em argentinês, num *quilombo*, uma orquestra sem outra música além do reiterado compasso da perna de pau do ditador Santa Anna. Juárez e os liberais derrotaram a ordem conservadora, o império de Maximiliano e a ocupação francesa. Desde então, o México luta para conciliar a ordem e o movimento, as instituições e a ascensão. Eu me digo e mendigo (me digo mendigo) que os milionários da minha infância eram pobretões se comparados aos milionários de hoje, mas estes convivem com uma sociedade muito diversa, muito grande, mais de cem milhões de habitantes lutando para ascender e ter seu lugar ao sol, de uma forma ou de outra.

Sou advogado e investidor. Conheço toda uma classe de doutores, juristas, arquitetos, professores, cientistas, jornalistas, empresários e até um que outro político que honram o país. Mas também sei dos eternos ritos da corrupção nacional que sobem e descem do mais alto ao mais baixo, da águia à serpente, do leão ao coiote. O suborno grande ou pequeno é a moeda de troca nesta troca de influências, piscadelas e ofertas "que não se podem recusar". Do suborno do policial ao suborno do ministro. O daquele, para que não leve você para o xilindró. O deste, para que você não o leve para o xilindró. Caramba!

Não: o que é ruim, perverso, terrível é a nova classe criminosa que vai usurpando poderes pouco a pouco, primeiro na fronteira, depois no interior, o policial iletrado primeiro, o político ilustrado em seguida, tudo sem intermediação pessoal: de onde saem esses novos criminosos? Não são camponeses, nem operários, nem classe média. Pertencem a uma classe diferente: a classe criminosa, nascida, como Vênus, da espuma do mar, da espuma de uma cerveja quente derramada numa taberna de última categoria. São os filhos do cometa. Corrompem, seduzem, chantageiam, ameaçam e acabam por se assenhorear de um município, de um estado da Federação, um dia do país inteiro...

O ruim, às vezes, é que para assegurar o bom é preciso recorrer ao pior.

E isso cabe a mim agora.

Eu me encontro, senhoras e senhores, entre a necessidade e a exigência. Há diferenças. O necessário pode ser adiado. O exigente, não. Para mim, é necessário ter uma sociedade melhor, mais justa. Para tê-la, a exigência me dita uma ação brutal, que separe e anule a de Adão Góngora.

O homenzinho do fedor me dá, sem querer, a oportunidade. No fundo de minha mente, já havia uma advertência: Góngora é muito esperto. E pode *tornar-se* muito listo.

E tornou-se.

O plano mestre do outro Adão (Góngora *that is*) consiste em ir ocupando os espaços políticos vazios ou abandonados pelos governos locais. Ele os ocupa com rapidez empregando a força pública. Quando os governos se imobilizam por causa do crime, do tráfico de armas e de drogas ou da pura e simples ausência de autoridade, Góngora manda pessoas armadas patrulhar os prédios públicos, põe metralhadoras nos terraços e se propõe – eu temo – a dissolver o Congresso, mandar para o paredão os inocentes e os delinquentes menores, libertar os mais perigosos e formar com eles um exército, por que não dizê-lo?, fascista.

É esta a resposta aos males que aqui assinalo? Delírio ou razão? Adivinho ou prevejo?

Quanto sei de verdade e quanto apenas imagino? Digamos que o visto e o previsto partilham a verdade. Só que Góngora, ávido de poder, mas de poder *efetivo*, tenta me enrolar com a ilusão de um templo floral mais barroco que Tonantzintla e põe em prática um crime com que, de uma só vez, matar dois coelhos de uma cajadada.

Aqui é onde lhe falha a inteligência, obnubilado ele pelo amor.

Depois de falar comigo, pensa ter descoberto meu ponto fraco. Pensa que odeio a meu sogro, seu Celes, o Rei do Pão. Só o sogro se interpõe entre Góngora e Priscila unidos e entre Priscila e mim separados. Seu Celes não quer saber de divórcios, "vade-retro" etc.

Por tudo isso, Góngora se dispõe a eliminar seu Celes para dar prazer a ele e a mim.

Só que não há crime perfeito. Góngora não o sabe. Eu sim. É a diferença entre um homem culto (eu mesmo, com perdão de vocês) e um bruto ignorante como Góngora (um burro que toque flauta regendo uma orquestra).

Eis o plano criminoso.

Góngora ordena a seu esbirro, o Viborão, recém-saído da prisão graças à intervenção de Góngora, que mate seu Celes quando este, despreocupado e guloso, fizer sua ronda semanal pelas confeitarias de sua propriedade. Só que o Viborão, em vez de matar seu Celes, mata um padeiro anônimo que faz a mesma ronda que o patrão, e, ao dar-se conta de seu erro, o Viborão mente a Góngora inventando que já matou seu Celes e que agora cabe a Góngora libertá-lo *for good*, para sempre, da prisão negra de San Juan de Aragón.

O senhor Góngora se apresenta vestido de preto na casa de Lomas Virreyes para dar os pêsames à sua suposta namorada, minha esposa, Priscila. Espanta-se com a falta de crepes na entrada do católico domicílio e quase se tem um ataque apoplético quando quem lhe abre a porta é o próprio senhor Celestino Holguín, vivinho da silva, rabeando e com cara de poucos amigos.

– Entre, policial – diz sem muita cortesia ao perplexo Adão Góngora. – Ande, que o chá está esfriando, e não tropece nos tapetes. São persas de verdade.

35

Vou ao almoço com Abelardo Holguín no Bellinghausen. Ele reservou uma mesa para quatro que só ocuparemos ele e eu na parte elevada do restaurante, onde podemos ver e ser vistos, mas não ouvir nem ser ouvidos. (O dono não quer dividir o restaurante em cubículos apropriados à clientela de fumanchus.)

Há algo novo em Abelardo. Algo flamante, dir-se-ia. Ele sempre foi um rapaz elegante. Agora, sua elegância relumbra. Isso me choca. Não é próprio dele. Sua discrição na casa de seu Celes parece diminuída e suplantada por uma espécie de brilho estranho. Imagino que trabalhar na televisão propicia essas estampas e não lhe dou importância. Mas logo me lembro de que, quando liguei para a empresa, me disseram que ele já não trabalhava ali.

– Mudou de trabalho? – pergunto sem muito preâmbulo.

– Não – sorri. – O trabalho mudou a mim.

Faço cara de "conte-me".

Ele se lança a uma longa digressão que de certo modo dá amplitude à sua capacidade de discurso literário. Conheci jovens escritores que perambulam perdidos em seus primeiros passos sem muito sucesso, até que um dia se dão conta de que a literatura não é seu passaporte, ainda que a retórica literária lhes dê asas para voar para outros ninhos, menos exigentes, mas mais proveitosos.

A digressão de Abelardo tem que ver com o estado da República, tema que conheço e vocês também, se leram estas páginas. Andamos sem rumo. Perdemos a fé em tudo. O governo não dá uma dentro. Os partidos brigam entre si e não propõem nada. Os parlamentos são lugares para dormir a sesta, assaltar tribunas e encobrir coisas. Os governos estaduais são, muitos deles, controlados pelo narcotráfico ou estão submetidos à força armada de Adão Góngora. O turismo já não vem, assustado. O preço do petróleo cai. A fronteira: os migrantes já não emigram, e no México não há uma oferta de trabalho indispensável, ainda que tudo requeira construção ou reconstrução: estradas, portos, barragens, desenvolvimento do trópico, uma nova agricultura, renovação urbana...

Eu me limito a assentir. Ele vai mais longe, respondendo à eterna pergunta social: o que fazer?

Eu estou a ponto de responder, caso a caso, indústria, comércio, etc.

Ele me interrompe com certa inocência, com uma pontinha de desdém:

– Programas e mais programas, Adão. Nós conhecemos todos. Tudo fica pela metade. Boas intenções frustradas pela abulia, pela avareza, pelo desprezo. Se já consegui o meu, para que me preocupar com os outros?... Assim pensa meu pai, não me diga que não.

Ele me olha um pouco de cara feia.

– E você, Adão?

Eu lhe respondo que eu sou um advogado e homem de negócios que gera riqueza e dá emprego, poupança e pensão, eu...

Torna a me interromper:

– E a alma, Adão? O espírito deste país?

Evidentemente, não sei bem como responder. Já falei de minha posição. Eu creio no investimento, no trabalho, no progresso, que...?

– E na alma? – insiste Abelardo. – O que será da nossa alma?

A resposta é séria e não pode ser imediata. Adio-a. A alma... Ora... Já haverá tempo... A eternidade, não?

Em contrapartida, a situação em casa se tornou inadiável.

Trata-se de Priscila, a irmã de Abelardo, a filha do senhor Celestino, a amante (casta?) de Góngora, minha esposa diante de Deus e diante dos homens.

Eu me dou conta de que, metido no enigma que aqui descrevi, não vi minha mulher a sós, demasiado cortejada por Góngora e ausente de minhas preocupações. Imagino que assim continuarão as coisas, até sua natural conclusão. Só que Priscila me enfrenta esta tarde com *donaire*.

– Espanta-o que eu ame um homem feio?

– Não – respondo com tranquilidade. – Os feios costumam ter mais sorte que os bonitões, apesar da aparência.

– A rumba é mais saborosa que o *son* – continua a inconsequente mulher.

– O que é que você está dizendo? Seja mais coerente, pelo...

– Que amo um homem feio, sujo. Que estou farta da sua beleza e asseio. Tudo em você é limpo, lavadinho, em Jalisco se ama a boa, sufrágio efetivo...

– Lá vem você – tento dar por terminado esse teatro do absurdo.

– Sou a triunfadora! Vou pela vereda tropical!

– É uma pobre estúpida – acontece-me dizer-lhe.

– Volto a ser a Rainha da Primavera! Cantinflas!

– Pois, como diz a canção, as folhas mortas se reúnem no esquecimento...

– Você já não pode comigo. – Priscila se expande como um pavão. – Porque não pode com o seu rival, lá no rancho grande, lá onde vivia...

– Você não se dá conta de que Góngora só a está usando?

– Ele me ama. Ele me diz que queria que eu fosse a pinhata da sua festa de aniversário.

– Para quebrá-la a pauladas.

– Não, para encher-me de docinhos.

– E dar-lhe uma cacetada.

– Estou na ponte de minha caravela e tenho a alma presa ao timão. Os marcianos já chegaram... ele me ama.

– Ele a ama para tentar afundar-me e assassinar seu pai. Acorde, meu bem, acorde: veja que já amanheceu.

Dá-se uma tensão elétrica entre ela e mim à medida que nós vamos aproximando, e ela não sabe se recua ou se se mantém firme diante de mim, e por isso sai cantarolando o Hino Nacional...

– Ele a seduz para arrancar segredos de você, a manipula e a sacudirá como a um lenço sujo...

– Invejoso! Caminho de Guanajuato!

– De quê?

– O feio é mais galanteador. O feio é mais poderoso. O feio me ama.

– E você?

– Em meus divinos olhos de jade você adivinha que estou apaixonada.

Que posso responder-lhe?

Posso revelar-lhe que Góngora tenta assassinar o senhor Celestino Holguín? Posso dizer-lhe que o bruto fracassou na tentativa e que em lugar dele deu cabo de um pobre vendedor de bolos que fazia a mesma rota que seu Celes?

Não o faço porque sei que ela não me acreditaria.

Não o faço porque sei que seu Celes não lhe permitiria o divórcio.

Não o faço porque penso que, tendo fracassado uma vez em sua tentativa de matar seu Celes para casar-se com Priscila, na segunda ocasião o pequeno fedorento não fracassará.

Devo apressar-me.

Os fatos se precipitam e temo que tudo chegue a uma conclusão desastrosa. O indício me é dado por nosso jardineiro, Xocoyotzín Pereda, a quem falo choramingando inconsolavelmente enquanto cumpre – porque é muito cumpridor – com suas tarefas atrás de um cortador de grama que se perde da altura da mansão de meu sogro para um barranco estrangulado pelo puro esquecimento de que sob nossos pés cresce a relva e jazem os mortos...

– O que é que lhe está acontecendo, seu Xocoyotzín?! – Ponho a mão em seu ombro e toco a antiguidade.

– Nada, seu Adão, nada – responde com uma cara de habitual tristeza a que agora se acrescenta outra, de nova melancolia.

– Ande, conte-me.

– O Xocoyotito – geme. – O Xocoyotito.

– Seu neto? – pergunto com conhecimento de causa.

– Não é verdade, senhor.

– Como? Seu neto não é seu neto?

– Não, digo sim, era meu neto... Era meu neto – chora.

– Xocoyotzín, acalme-se. O que é que está acontecendo?

Ele não para. Move o cortador de um lado para outro e me obriga a segui-lo.

Ele me conta: foi chamado para reconhecer o cadáver de seu neto Xocoyoncito Pereda Ramos nas imediações do presídio de Aragón. Havia uns vinte cadáveres expostos, para que os recolhessem os parentes. Cada morto com um cartãozinho de identificação amarrado no dedão do pé esquerdo.

– Do pé esquerdo?

– Todos, patrão. Ali estava meu neto, o Xocoyoncito, apenas com um calção.

– Não lhe explicaram nada?

– Sim: que eram guerrilheiros do narcotráfico capturados e mortos em Michoacán e devolvidos a seus familiares aqui na Cidade do México.

– O que fazia seu neto em Michoacán?

– Ah, senhor, Xocoyoncito nunca esteve em Michoacán...

– Então...?

– Esteve comigo na pinhata de sua irmãzinha no dia em que dizem que estava em Michoacán.

– E então?

– Pura mentira, seu Adão. A meu neto atribuíram uma culpa que não é dele. Nem esteve em Michoacán nem era guerrilheiro, consertava móveis quebrados, o dia todo em sua oficina!

Lembro que na Colômbia se deu o caso dos chamados "falsos positivos", ou seja, execuções extrajudiciais de jovens apresentados como guerrilheiros com a finalidade, mortalmente estatística, de demonstrar que a força pública atuava com eficácia contra a guerrilha. Quando não se capturavam guerrilheiros, improvisavam-se cadáveres de jovens inocentes, que eram apresentados como "guerrilheiros" – como eram jovens muito humildes, eram devolvidos a suas famílias. Quem ia protestar? Quem ia processar? Meu jardineiro também não.

– Se me devolverem o meu morto, para mim basta, seu Adão.

Não sei se tive uma revelação ou se, simplesmente, se juntaram as pedras do tabuleiro para esclarecer-me que Góngora necessitava justificar seu cargo com uma quantidade de cadáveres, ainda que fossem de rapazes inocentes. Se a isso acrescentava eu – minha mente agora supersônica – o castigo a pessoas de classe média inocentes e aos bodes expiatórios de sempre – palhaços, putas e putos, cantores de rua etc., bem como ladrõezinhos menores, vagabundos e mendigos –, cheguei à conclusão de que, ainda que Góngora encarcerasse pessoas tão terríveis como os homens de San Juan de Aragão e as mulheres de Santa Catita, na verdade nada fazia para combater em profundidade o crime: dava a impressão disso, escolhia vítimas "seletas", dava gosto à opinião pública e deixava intactas as organizações criminosas, seus chefes e seus...

Iluminou-se-me a cachola, e entendi o que me cabia fazer para derrotar Góngora.

E esse algo era tanto ou mais perverso que qualquer ato atribuível a Góngora.

Só que eu agia em nome da justiça.

36

É DIFÍCIL QUE MEU CUNHADO, Abelardo Holguín, me negue um favor. Adiamos a conversa que terminou com a pergunta: E a alma?, mas prometeu-se reiniciar com a resposta: A alma...

Digo que Abelardo não pode fechar-me a porta, não sei se porque sempre contou com uma só amizade – a minha – na casa hostil de seu pai ou se porque o acompanhei em todos os seus passos desde que se foi da prisão familiar de Lomas Virreyes, tentou a sorte literária e não a encontrou, se apresentou a Rodrigo Pola e se iniciou como telenovelista, e agora...

Marcou num restaurante e me falou da alma. Eu lhe telefonei para a televisão e me disseram "já não trabalha aqui".

Tive a boa ideia de presenteá-lo com um Palm Pre de última geração quando saiu de casa, para não perder o contato com o único membro lúcido dessa família de doentes. O Palm Pre é um smartphone ou telefone avançado, preparado por quase trezentos engenheiros para ganhar da concorrência com o celular. E conseguiu. A vantagem é que ainda não chegou ao México, o qual me oferece uma capacidade secreta de comunicação sem interferências oficiais ou extraoficiais. Decido compartilhar meu Palm Pre com Abelardo. Não meço as consequências.

– Eu lhe ligo para marcar um encontro. Creio que você e eu temos de conversar.

– Você e eu e ela – responde-me.

– E ela – aceito sem mais, não me agradam outros mistérios além dos meus. – Onde?

– No zoológico de Chapultepec.

Desde menino não voltava ao zoo da cidade, e no entanto passo ao lado dele todos os dias em meu trajeto entre a casa de Virreyes e o escritório da Reforma. Tão longe que não me chegam esses cheiros profundos e concentrados de animal que agora me recebem ao entrar no espaço vegetal do bosque.

Tinha-me esquecido do cheiro pungente, cheiro dos cheiros, do zoológico metropolitano. Eu me dou conta de que é o aroma combinado de todos os animais que aqui habitam lado a lado, mas separados do público por grades, barras, fossos e de outros animais por fronteiras igualmente intransponíveis. Sei muito bem que há animais que atacam outros animais tanto por instinto como por necessidade: os grandes comem os pequenos. E os grandes – gorilas, ursos, leões, tigres – convivem entre si. Mas atacariam a nós, que não somos pequenos, mas diferentes, bípedes, dizem que racionais, falantes afinal de contas. Se nos vissem.

Porque, sobretudo, somos curiosos e mirões. Vamos ao zoo e os ficamos vendo. Jogamos amendoim para alguns. Fazemos caretas para outros. Imitamos rugidos. Coçamo-nos com alegria como os macacos. Agitamos os braços como se fossem asas de pássaro, e nos damos conta de que só nós olhamos para as aves e os quadrúpedes. Eles não. Nunca nos olham. Nós somos indiferentes para eles. E isso apesar de sermos seus carcereiros. O tigre se move com ligeireza. Faz o ar tremer. Anda pela jaula como se não tivesse ninguém vivo à sua passagem.

O caso é que diante da grande jaula dos tigres me espera o casal.

Abelardo eu reconheço. A mulher que o acompanha, não.

Ela está de costas para mim, absorta na contemplação do tigre. Abelardo me dá a mão. A mulher se vira para me olhar. A ela eu não consigo ver. Um espesso véu lhe cobre as feições. Um véu impenetrável; não deixa ver nada e sua voz terá de transpassar uma cortina para chegar até mim e dizer-me, à maneira provinciana, sua graça e sobrenome.

– Sagrario Guadalupe, às suas ordens.

Sagrario Guadalupe ou Guadalupe Sagrario? Estará obedecendo ao costume, tão difundido, de dar o sobrenome antes do primeiro nome? Ou o contrário, confundindo a ordem alfabética e as listas telefônicas?

Sagrario Guadalupe. Guadalupe Sagrario.

Toda de preto. Não só o véu. A primeira coisa que chama a atenção seria um hábito monástico, ou melhor, monjal, ou melhor, sim, monástico, meias pretas, sapatos pretos sem salto. Só as mãos, sem luvas, a delatam. São mãos de mulher velha. Mãos ossudas, de veias muito azuis e saltadas, dedos artríticos que seguram minha mão só para retirar a sua, como se temesse que nesse contato se delatasse tudo o que o mais oculta.

Olhamos os animais. Há mais de três mil no zoológico de Chapultepec. Uma cidade singular.

37

NOTICIÁRIO FINAL

Prossegue a discussão pública sobre os cometas. O cientista Vizarrón nos fornece dados sobre a história do fenômeno remontando a Aristóteles, que é quem pela primeira vez se refere a isso, qualificando-o de "expectativa flamejante". Não sabemos se a palavra precisa não é "expectativa", mas "esperança", como reivindica o sacerdote Güemes insistindo em dar uma conotação espiritual à ocorrência física.

O doutor Vizarrón detalha a história científica dos cometas a partir do Estagirita, mas o sacerdote o interrompe assinalando que as repetidas aparições do cometa são sinais da Divindade, aborrecida por algum motivo terreno que frustra o projeto divino. Que tem a ver o projeto divino, responde o homem de ciência, com a prévia explicação de Newton: o cometa não é mais que uma manifestação física comum e corrente que chamamos "atração gravitacional"? A cada quando aparece um cometa?, pergunta então o homem de Deus. A cada setenta e cinco anos. O mesmo cometa? E isso não é prova de um plano celeste?, foi o senhor quem o disse, conclui o homem de ciência: um plano celeste, não um plano divino. Não é a mesma coisa?, tenta o sacerdote ter a palavra final.

A polícia do estado do Texas, nos EUA, está detendo e roubando os trabalhadores migratórios que regressam ao México com seus dolarezinhos bem ganhos ou que vão depositá-los em contas bancárias. Ao longo das estradas, policiais detêm os migrantes e os acusam de trabalhar na ilegalidade. O operário pede ser levado à delegacia local para provar a) que tem permissão de trabalho ou b) que está retornando ao México e não pensa em voltar ou c) que reclamem com o patrão e o deixem em paz e em todo o caso d) os policiais desprezam as palavras, fingem não entender, não falar espanhol, e em última instância oferecer f) – Escolha. Seu dinheiro ou a prisão. – Não sou ilegal. – Mas pareces. – Tenho tudo em ordem. – Delata-o a aparência e aqui as aparências importam. *Pay up!*

As autoridades do estado de Guerrero informam da detenção do turista austríaco Leonardo Kakabsa, ou Cacasa, acusado de assassinar a jovem Sofía Gálvez, sexosservidora na cidade colonial de Taxco. O citado Leonardo já havia sido detido há uma semana, acusado de assassinar outra sexosservidora taxquenha de nome Sofía Derbez, vulgo "A Pinta". Diante dos fatos relativos à morte da chamada "A Pinta", o juiz decidiu que condenar um homem jovem e bonitão como Leonardo por matar uma prostituta só iria dar má fama a Taxco e afugentar o turismo. Solto, o cidadão austríaco Kakabsa logo incorreu no já mencionado segundo crime. Detido de novo, declarou que as referidas sexosservidoras, após terem prestado seus serviços, se riam dele e de seu nome, fazendo indecentes jogos de palavras. No entanto, Kakabsa ou Cacasa disse que não foi isso o que motivou sua ação criminosa, mas a insistência de ambas as prostitutas em chamá-lo "O Alemão", sendo Leonardo de nacionalidade austríaca. Desta vez, o magistrado local não teve outra saída senão condená-lo, lamentando-se do dano que esta decisão acarretaria para o turismo taxqueno. "O que é mais importante?", perguntou o magistrado, "Castigar um criminoso ou desestimular o turismo, principal fonte de receita de Taxco?" A resposta foi dada pelo próprio Leonardo ou Leonard Kakabsa ou Cacasa, ao declarar que assassinar prostitutas era nele um hábito desde a adolescência, impelido por um sentimento de nojo e de justiça incontroláveis. "Matei e continuarei a matar", declarou o inqualificável sujeito ao ser entregue às autoridades de seu país em cumprimento dos tratados de extradição entre o México e a Áustria.

Nota: Ao chegar a Viena, o mencionado Kakabsa ou Cacasa pediu o obséquio de ser levado à cripta da igreja dos capuchinhos da capital austríaca para ajoelhar-se diante do túmulo de Maximiliano de Habsburgo, imperador do México no século XIX, vizinho do túmulo de L'Aiglon, duque de Reichstadt e filho de Napoleão e Maria Luísa da Áustria, filho – Maximiliano – dos imperadores Fernando e Sofia e descendente de uma linha hereditária (e incestuosa) de Habsburgos espanhóis e austríacos, Bourbons napolitanos e Wittelsbachs bávaros. Questionado sobre o assunto, Kakabsa ou Cacasa explicou que seus atos no México eram apenas uma forma de vingança contra o fuzilamento de Maximiliano pelos selvagens mexicanos. As autoridades vienenses, examinando a ficha do sujeito, encontraram dois outros casos de crimes não solucionados, ambos envolvendo sexosservidoras chamadas "Sofía". Investigações imediatas revelam que a mãe de Leonardo também se chamava "Sofia". Leonardo ou Leonard está sendo vigiado por psiquiatras renomados (ainda que o público os chame Wichtimacher e Besserwisser, O Importante e O Sabe-tudo) na prisão da Wahringerstrasse.

Nota posterior: Na sorveteria bonaerense localizada em Las Heras, quase esquina com Anchorena.

Tomás Eloy Martínez fala do assunto Kakabsa ou Cacasa como tema de um romance, e Sergio Ramírez, escritor nicaraguense, rompe a habitual austeridade de sua expressão com um inesperado, amplo e alegre sorriso. Kakabsa não é Cacasa, é Sacasa, sorri. E conta que na Nicarágua vivia um mitômano enlouquecido pelo incesto que os sobrenomes impõem a alguns cidadãos – por que tanto Chamorro, Coronel, Debayle?

Não é consanguinidade, explica Sergio, é que na Nicarágua os sobrenomes são o mesmo que os nomes dos santos em outros lugares: dão fé da existência, são fé de batismo. Por isso é impossível saber se Sacasa era dos "Sacasa" ou um mitômano oriundo do Bluff que usurpou primeiro um nome da "aristocracia" nicaraguense para disfarçar suas inumeráveis pilantragens, como foram:

Escrever falsos manuscritos do poeta Rubén Darío e depois queimá-los em público, desafiando a cólera coletiva de um público que vê em Darío a razão de ser da Nicarágua: país pobre, poeta rico. Foi preso por desacato e solto pouco tempo depois.

Exigir que os ditadores nicaraguenses marcassem as próprias nádegas a ferro – um D gótico – com duplo propósito: para eles, sinal de distinção; para o público, letra de identificação. Somoza deu de beber a Sacasa o próprio veneno, deixando-lhe uma picada indelével: mandou que lhe marcassem as nádegas com um I de Imbecil, que Sacasa anunciou como um I de Império. Vá se saber...

Distribuiu missais para os meninos com páginas da revista *Playboy* intercaladas, provocando rígidos risinhos picantes na hora dos ofícios. Os missais foram confiscados pelos sacerdotes, que os guardaram zelosamente dentro de seus hábitos para vê-los de vez em quando. Sacasa se jactou de perverter não os meninos e sua sã curiosidade, mas os padres e sua insana repressão. Ele queria ser conhecido – assinalou Ramírez – como Sacasa, o Libertador.

Então, interveio Tomás Eloy, o seu Sacasa é o nosso Sikasky, um astuto criminoso portenho cuja treta consistia em permanecer no local do crime, mudo e com olhar sereno, passando por simples observador do assassinato que ele cometia e que a polícia não lhe atribuía porque ele nunca fugia, estava sempre ali. A ditadura militar o empregou como assassino ideal: matava mas permanecia. Ao fim e ao cabo, a vítima era acusada do crime, e Sikasky ascendia na hierarquia, muito a contragosto, pois sua técnica era ser o criminoso presente, visível e portanto não culpado.

Mas se salvou. Eu o vi jantando aqui em Vicente López.

– É claro. Denunciou os criminosos do regime militar. Foi muito efetivo. Deu detalhes. Mandou para a prisão os seus próprios chefes.

– E agora Tomás Eloy.

– Olha com grande melancolia de sua mesa diante do cemitério da Recoleta e se lamenta de que nenhuma de suas vítimas esteja ali, entre túmulos oligárquicos construídos sobre vacas e cereais, mas no panteão da Chacarita...

– Onde jazem Carlos Gardel e Eva Perón.

– Sikasky não aguenta a concorrência.

– Diga-me, Tomás Eloy, o seu Sikasky é o meu Sacasa?

– Diga-me, Sergio, o seu Sacasa nicaraguense é o Kakabsa vienense?

– Diga-me, Tomás Eloy, o Kakabsa vienense é o Cacasa assassino de putas mexicanas?

– Diga-me, Sergio, na literatura você pode verificar uma identidade como no cinema: esse senhor que diz ser Domingo Sarmiento é na verdade o ator Enrique Muriño?

– Não: Raskolnikov pode ser Peter Lorre ou Pierre Blanchar, mas nem Lorre nem Blanchar podem ser Raskolnikov. Eles são imagem. Raskolnikov é palavra, sílaba, nome, literatura...

– *Imaginamos* a literatura e só *vemos o cinema*?

– Não: à literatura damos a imagem que quisermos.

– E ao cinema não?

– Só ao apagar das luzes e fechar dos olhos.

– Um sorvete de doce de leite.

– Na Argentina não se diz *cajeta*.

– "Max, cajeta", pedia a imperatriz Carlota em sua loucura, recordando ao mesmo tempo seu marido (que ela sempre acreditou vivo) e o doce mexicano (que ninguém teve a caridade de passar-lhe).

– E tudo isso que tem a ver com o romance *Adão no Éden* que você está lendo?

– Tudo e nada. Mistérios associativos da leitura.

– Necessidade de adiar os desfechos?

– Não há desfecho. Há leitura. O leitor é o desfecho.

– O leitor recria ou inventa o romance?

– Um romance interessante escapa das mãos do escritor. Antes...

– Em que parte do romance você está?

– De *Adão no Éden*? Na parte em que Adão Gorozpe e seu cunhado, Abelardo Holguín, trocam perguntas difíceis sobre o boxe.

– Que dizem?

– Eu leio:

– "Quem regulamentou as lutas de boxe?

– "Jack Broughton, em 1747 mais ou menos, e o marquês de Queensberry em 1867...

– "Quem foi o primeiro boxeador profissional?

– "Um judeu-inglês chamado Daniel Mendoza. Todavia não usavam luvas.

– "Quem usou luvas pela primeira vez?

– "O já mencionado Jack Broughton. Mas quem popularizou a luva foi Jean Mace, pugilista inglês.

– "Em contrapartida, John L. Sullivan preferia lutar sem luvas.

– "Socialmente, para que serve o boxe?

– "Para ascender. De ignorante irlandês ou de bairro ítalo-americano ou de escravo negro...

– "Joe Louis, campeão de 1937 a 1949.

– "Acabou como porteiro, sem um centavo, mas com orelhas de couve-flor.

– "Podemos desviar a ascensão social do crime para o boxe, cunhado?

– "Passando pela guerrilha: o campeão filipino de boxe em 1923 se chamava Pancho Villa.

– "1923: o mesmo ano em que foi assassinado o nosso Pancho Villa.

– "Não se iluda, cunhado. Quando você luta sem luvas, não deve mexer os pés."

38

ELE ME LIGA. HÁ DESESPERO em sua voz, não entendo. Avio-me. Meus colaboradores me olham (ou não, quem sabe?) de trás de seus óculos escuros. O motorista me deixa no Bellinghausen, Londres, quase esquina com Insurgentes. Meu bebedouro habitual. Ninguém suspeita. Regulo minha passagem de Londres a Oslo. Não devo parecer apressado. Tampouco um paciente distraído. Espero não ser reconhecido; não ser parado.

Chego à porta de entrada. Pego a chave. Não é preciso. O saguão está aberto. Subo a escada de pedra para o segundo andar, onde mora Ele.

Acontece o mesmo: a porta escancarada.

Não preciso entrar para perceber, de rabo do olho, a confusão.

Nada está no lugar. Luminárias jogadas no chão. Tapetes enrolados de qualquer jeito. Cadeiras viradas. Poltronas manchadas de um líquido escuro e malcheiroso. A louça despedaçada. A tela da televisão com um grande vazio suplementar. As paredes como que arranhadas.

E, vindo do quarto, um soluço desvalido, terno, abrupto, intermitente.

Corro para abraçar a Ele. Está de roupão. Entreaberto. Senta-se na beira da cama, chorando. Abraço a Ele.

Eles entraram arrombando a porta, armados, não sei com que armas, isso eu não sei, mas eram armas mortais, armas ameaçadoras, eu me escondi no banheiro tremendo de medo, mas eles não queriam nada comigo a não ser gritar para mim através da porta enquanto se viravam e destruíam tudo, não me fizeram nenhum mal, não me viram, juro, juro, gritaram, disseram que mal, e grande, iam fazer a você, que a mensagem era que você não voltasse a importuná-los, que não ficasse matando os vivos, que tomasse cuidado porque o importante não era que seu sogro vivesse ou morresse, mas que você fosse o morto ou o vivo, o *vivaldino*, disseram isso, que você não desse uma de esperto, Adão, que não fique golpeando-os abaixo da cintura, que se esqueça de seu sogro e se ocupe de você mesmo, que você é a próxima vítima, não seu sogro, que se cuide, isto é só um aviso; aqui lhe demos apenas um tira-gosto, é só um aviso, primeira chamada, primeira chamada...

Abracei a Ele e nós dois entendemos que, acontecesse o que acontecesse, nós continuaríamos unidos. O distanciamento das últimas semanas se converteu numa pausa, num intermédio necessário para refrescar e fortalecer a relação entre nós dois. Devíamos este favor à brutalidade policialesca de Góngora o ter-nos reunido? Abracei a Ele pensando rapidamente a) Góngora estava fora de si porque não matou seu Celes, e portanto não pôde obter sua adorada Priscila por meio da orfandade; b) só sem o catolicismo dogmático de seu Celes Priscila se divorciaria de mim; c) só divorciada de mim se unirá a um destino pior que a morte: a vida matrimonial com o horrendo Adão Góngora; d) o assassinato do Rei do Pão se frustrou por confusão de identidades; e) o culpado do erro foi o criminoso solto chamado Viborão, mas registrado no civil como Gustavo Huerta Matthews; f) o sobrenome materno "Matthews" era mais um disfarce do Viborão, pois sua mãe era uma lavadeira oaxaquenha de sobrenome Mateus que, entrevistada, primeiro negou ser mãe do Viborão e em seguida caiu no choro por causa da perversidade de seu filho, consequência do abandono do rancho pela capital; g) sequazes de Góngora iniciaram uma investigação nacional e internacional para encontrar ao fugitivo

Viborão, pois Góngora jura que a ele ninguém trai e qualquer engano equivale a traição; h) a presidiária alcunhada Chachachá, trancafiada no presídio de Santa Catita, negou saber o paradeiro de seu amante, o Viborão; i) isso deve ser verdade, pois a chamada Chachachá foi submetida a rudes interrogatórios e não mudou o refrão: não sei, não sei, não sei e, de quebra, que ele vá pra puta que o pariu; j) esgotada a pista viborânica, Góngora retornou à Avenida Gorozpe; k) já que o senhor Celestino morreu, evitando o caminho para o divórcio de Gorozpe e Priscila e para o conseguinte himeneu de Priscila e Góngora, k_1) a morte de Gorozpe assegurará a viuvez de Priscila e sua fatal união com Góngora; l) por conseguinte, Gorozpe deve morrer; m) mas antes deve sofrer; n) como fazer que Gorozpe sofra?; o) averiguando o que ele faz fora de suas horas de escritório, o_1) volta para casa, o_2) come em restaurantes da Zona Rosa e do centro, o_3) passeia pelas ruas próximas à Reforma; p) sigam-no nesses passeios: aonde vai?; q) às suas ordens, chefe: ele vai às ocultas a um apartamento situado na Oslo, quase esquina com X; r) quem mora ali? s) a pessoa que mora ali responde pelo nome de "Ele"; s_1) "Ele" o quê?; s_2) "Ele" apenas; t) ordem: entrem no apartamento de Ele, quebrem, deixem tudo bagunçado, assustem, maltratem a Ele; u) que Gorozpe o entenda como um aviso oportuno.

– Disseram que foi só um aviso – disse Ele em meus braços.

Fiquei calado.

Ele insistiu:

– Aviso de quê?

Eu disse:

– Muito inoportuno.

Duplo aviso, acabei por explicar-lhe depois do amor. Aviso contra a minha pessoa. Se não me divorcio de Priscila, a transformam em viúva. Jesus! E a você matam antes para me fazer sofrer mais. Maria e José!

E ainda não terminou o assunto. Além das minúcias da vida privada, Góngora se desfaz de um homem cujo poder o aborrece, um homem – eu – a quem Góngora fez confidências, propondo-lhe jogos sujos de poder. Um homem – eu – que se deu conta (com a insubstituível ajuda do jardineiro Xocoyotzín) de que Góngora falseia as estatísticas da morte com sua própria colheita de jovens inocentes que ele manda assassinar antes de apresentá-los como supostos guerrilheiros. Um homem – o da voz – sabedor de que Góngora encarcera inocentes e às vezes um que outro culpado, exibe estes e aqueles e conquista a opinião pública como garantidor da justiça, enquanto prende pessoas de classe média com dificuldades hipotecárias e um que outro milionário para dar sabor à comida e adormecer a opinião pública.

– É um gênio!

– Mas você é mais, meu amor.

– O que me recomenda?

– Escute-me. E não pense que falo do ângulo da ferida aberta.

– O mais importante, Ele: eles o viram?

– Não. Eu me escondi no banheiro. Eles gritaram comigo.

– Você gritou com eles?

– Como pode pensar isso? Eles me ameaçaram. Não me viram. Não sabem o seu segredo.

– E só você, meu amor, o meu.

– Ninguém mais o viu nu, não?

– Sim. Mas faz muito tempo e a puta morreu.

39

CAMINHO DO ZOOLÓGICO até o endereço aonde me conduzem Abelardo Holguín e a dama velada que disse chamar-se "Sagrario Guadalupe, para servir ao senhor".

– Aonde vamos?

– À minha casa – diz a mulher enlutada dos pés à cabeça.

– Está longe? – pergunto, receoso de exibir-me em público nas circunstâncias que descrevi.

– Não, fica aqui pertinho – murmura a misteriosa senhora.

O mistério não é ela, mas a rota que nós três seguimos.

– Não se preocupe, seu Adão. Não sairemos do perímetro do bosque.

E assim é. O casal me conduziu a um espesso arvoredo, o lugar que reconheci como o "bosque dos cegos".

– Feche os olhos – quase ordenou Sagrario Guadalupe.

– Antes, aspire os aromas – amenizou Abelardo.

E, sim, de olhos fechados senti o cheiro de cipreste e grama, rosa e amendoim, que de repente se transformaram em musgo e sombra, umidade e velhice. Uma porta de sonoridade metálica se fechou atrás de nós. Avancei às cegas, até que Sagrario ordenou a Abelardo que me tirasse a venda.

Abri os olhos num aposento pétreo. Tudo ali era duro, impenetrável, como um grande calabouço secreto no meio da centralidade do D.F. e de meu bosque emblemático. Não havíamos caminhado muito. Não podíamos estar longe do zoológico, nem do castelo mesmo. Só que aqui a sensação de "bosque" e "castelo" desaparecia como que esmagada por uma massa de metal. Só podíamos estar – aventuro, aventureiro – numa caverna dentro do bosque, um lugar secreto no meio do parque mais transitado da cidade.

Tanto Abelardo quanto Sagrario me seguravam pelos braços, como se eu fosse cair, como se me rodeasse um precipício... Soltei-me, aborrecido com essa precaução inútil. Eu não sabia *onde* estava. Mas sabia que *estava*. Meu caráter não precisava de apoios. Qualquer que fosse o lugar aonde me conduzisse o casal, eu saberia manter-me de pé, firme, blindado contra qualquer surpresa. Bem macho.

E que surpresa me esperava!

O espaço diante de mim se iluminou e em seu centro, elevado sobre uma espécie de altarzinho, apareceu o menino já descrito por Ele, o rapazinho de dez, onze anos, com sua túnica branca e seu halo de cachos louros. Um menino muito cortês – "Bem-vindo, senhor". Um menino que dava medo. Não só por sua aparição súbita aqui mesmo, na *entranha* do Castelo de Chapultepec, mas por sua perfeita simetria com a imagem pública retratada na imprensa e descrita por Ele. Ou seja, toda semelhança de "normalidade" fora do púlpito público era vedada no espaço secreto. O menino era como disse Ele, luminoso, e olhando-me, como já registrou Ele, com autoridade e com amor, um grande amor misturado com uma grande autoridade – "e uma pontinha de ameaça", como disse Ele.

Aprumei-me e ousei perguntar, recordando a Ele mas impondo-me a Sagrario:

– E as asas? O que aconteceu com as asas?

O menino riu e me deu as costas: não estava com as asas. Sagrario gemeu, se adiantou, pôs as asas nas costas do menino, ele a deixou fazer isso, Sagrario voltou para o seu lugar ao lado de Abelardo, e o menino disse:

– Não é preciso, mãe. Eu sou apenas um menino de escola, não um deus.

– Que quer comigo? – adiantei-me de novo a meus custódios, impus-me.

– Eu não dou ordens, senhor. Sou apenas um garoto. Vou à escola. Pergunte à minha mãe. Ela sabe.

– Mas você diz em público que obedece a uma ordem interna, uma ordem do seu coração. – Lembrei-me de Ele.

O menino tirou a peruca de cachos louros, revelando um cabelo preto e hirsuto.

– Eu sou apenas um menino de escola – repetiu da penumbra do fundo do castelo, que só ele iluminava. – Não engano ninguém, senhor.

– Em público engana; pretende ser outro, um mensageiro? – disse precisando reter o jovem enviado de quê?, de algo... de Deus?

– Sou as duas coisas – disse com grande simplicidade. – Sou um menino de escola. Também sou um enviado de Deus para advertir...

– Para advertir de quê? – Tentei dominar a impaciência da minha voz. – De que coisa?

– De que se aproxima a hora – disse com grande doçura.

– A hora de que, garoto?

– A hora da alma.

– Que hora é essa?

– Agora.

– O que é a alma?

– Não diga, não diga nada! – gritou Sagrario com uma voz temerosa, temerosa de quê?, de que o menino dissesse a verdade, de que dissesse uma mentira, ou, pior, uma idiotice? – Não diga nada!

O menino prosseguiu, imperturbável:

– Faço o que tenho de fazer.

– Quem o envia? – tornei-me insistente.

– Ninguém.

– Por que faz o que faz?

– Não tenho outra... – Quase suspirou (quase) o menino, e desapareceu como veio: em silêncio.

40

MEUS CONTATOS COMO ADVOGADO e empresário da era global (mundial, internacional) me aproximam de governos e de empresas, mas também de forças políticas e de segurança. Tenho negócios em duas Américas, no Extremo Oriente e em ambas as Europas. E se emprego o adjetivo é porque, para meus propósitos práticos, a união da Europa do Leste com a Ocidental ainda não se consumou de todo. Pensem vocês: a República Democrática Alemã existiu de 1945 a 1988 como aliada externa e limítrofe de Moscou: ali, na linha que vai do Mar Báltico a Dresden, começava o Império Soviético, e sua avançada – sua ilhota – era Berlim, a antiga capital do Reich dividida em quatro zonas (russa, britânica, francesa e norte-americana) ao terminar a guerra quente e em apenas duas (Oriental e Ocidental) ao congelar-se a contenda. Só em 1988, ao ruir a hegemonia soviética, as duas Alemanhas se unificaram, embora a "unidade" tenha demorado a consolidar-se. Uma parte, a do Oeste, já era uma das principais potências industriais da Europa e do mundo. A outra, a do Oriente, estava submetida ao atraso imposto pelo poder de Moscou (a República Democrática era tão satélite quanto a Bulgária) e pelo anacronismo das políticas industriais de outra época, perpetuadas pela escritura sagrada do materialismo histórico, como se a História não existisse.

O fato, para os fins da narração em que o leitor me acompanha, é que numerosas instituições do regime comunista sobreviveram à queda deste, se prolongaram de maneira às vezes vegetativa, às vezes monstruosamente ativa conquanto deslocada. Esta última incluía serviços de inteligência e de repressão anulados pela legalidade democrática, mas perpetuados pela tradição autoritária. Esta, é claro, não foi originada pela RDA ou pela URSS. Remontava às origens do Reich, e sua pior penitência se manifestou durante o regime nazista: o Serviço de Segurança, a RSNA, ou Administração de Segurança do Reich, absorveu a polícia secreta do Estado, a Gestapo, que na república comunista se transformou disfarçada pela sigla STASI, que, por mais que tentasse, não conseguiu tapar sob um manto burocrático aceitável todos os órgãos de espionagem, delação e força do Terceiro Reich.

Eu sabia disso – era do conhecimento geral –, embora nunca me tenha aproveitado indevidamente de minha inteligência. Agora, diante da situação de força que aqui descrevi e dos desafios (de toda ordem) do sinistro Adão Góngora, não tive outra saída senão recorrer a meus contatos germânicos. No México eu não podia contar com a polícia nem com o exército, não só em razão de atribuições legais, mas – pior – por causa da sem razão de fatos ilegais.

Assim, mandei trazer uma tropa feroz, tão feroz que nenhuma organização legal da Alemanha – as de agora ou as de antes – podia assimilar na prática ou justificar na lei. Não me atrevo a dar o nome desta organização secreta, nem sequer sua sigla. Saiba o leitor que seus membros não eram – não podiam ser – membros dos grupos repressivos que mencionei. Não lhes era preciso. Habitava neles uma ferocidade maior na medida em que mais contida. Eram como águias presas esperando que se abrisse a porta do zoo para lançar-se a violar, matar, dando pleno voo a seu afã de agir contra o inimigo designado com armas piores que as deste. Seu grande disfarce era a capacidade de dobrar-se diante do amo, o grande senhor, o protetor das façanhas do grupo. Sim, eram como animais restringidos por uma turva e inquietante lealdade ao amo, ao Chefe superior a eles e por isso digno de obediência. É desnecessário dizer que, numa sociedade democrática de poderes renováveis, tal *führer* não era possível. Daí o desamparo, o *désoeuvrement* ou ócio indesejado destes corajosos Sigfrids com inteligência suficiente para não se unirem aos grupinhos de cabeças raspadas e casacos negros, membros de gangues adolescentes que acabariam como padeiros de velhos, e isso não é, obviamente, uma alusão a meu sogro.

O grupo de ataque – eu o chamarei, pois, para abreviar, os "Sigfrids" – preferiu manter-se na sombra, à espera, entregando-se à ação somente quando a ação lhe for requerida.

É o meu caso. Eu o expliquei via Palm Pre, com palavras cifradas, a Berlim e Frankfurt. Na Alemanha estavam totalmente de acordo em soltar de vez em quando estes mastins da violência, sobretudo quando eras prolongadas de paz e prosperidade os privavam de ação e não havia muitos inimigos internos ou externos.

Que atuavam, atendendo a pedidos, no Iraque e na Palestina, no Paquistão e na Malásia, eu já sabia. Os Sigfrids, por conseguinte, eram a única força capaz de golpear decisivamente os detentores da violência no México, o meu xará Góngora, o ex-presidiário Viborão e companhia.

Eu disse "águias". Eu disse "animais". Lembrei-me de minha visita ao zoológico de Chapultepec. Devia ter dito *tigres* fazendo – eu os recebi no aeroporto de Toluca – o ar tremer – eu os vi atropelar animais e camponeses na estrada –, sem deixar nada vivo à sua passagem. Como os tigres, os Sigfrids eram puro instinto. À diferença dos tigres, os Sigfrids tinham memória.

41

HÁ DE OBSERVAR O LEITOR que tudo se reúne, como num coro, para o final de minha narrativa. Góngora invadiu duplamente minha vida privada. Seduz Priscila. Agride a Ele. Mina, também, minha vida pública. Cria uma situação em que nenhuma instância me favorece. Sua política de, ao mesmo tempo, ataque e sedução para a classe média – castiga uns, mas satisfaz a outros – se estende à repressão de gente sem importância nem reputação, à disseminação de "falsos positivos" – rapazes inocentes e humildes assassinados para provar que Góngora age. Góngora age para nos advertir: "Os governos se vão, as armas permanecem."

Entendo isso e por isso mando trazer uma brigada de Sigfrids alemães comandada por Zacarias Werner, um poeta romântico que publica versos e disfarça assim sua verdadeira vocação, que é a espionagem e a violência.

Digo que entendo tudo isso, mas não o acidente do caminho, o pequeno desvio que me é imposto, inesperadamente, por meu cunhado, Abelardo Holguín. O que aconteceu com esse homem jovem, o irmão de Priscila, o filho de seu Celestino? De que maneira transitou de menino-bem para poeta-fracassado para autor-de-telenovelas para...?

Não sei como defini-lo agora que, tendo-me introduzido o Menino Santo do cruzamento de Insurgentes com Quintana Roo, Abelardo marca novo encontro comigo, num Sanborns da Insurgentes.

Sento-me diante dele e espero o café com sabor de tinta que oferecem aos mexicanos para evitar o café aguado que os norte-americanos exigem.

Eu lhe sorrio. Gosto dele. Está louco. E me surpreende:

– Adão, meu cunhado, preciso de grana.

Faço cara de parente simpático, mas que exige razões. Sei muito bem que de seu pai, o Rei do Pão, ele não receberá um centavo e sei que ele não conseguiu manter um trabalho ou receber um salário. Volto a vê-lo na catacumba de Chapultepec... mas não adianto nenhum julgamento. Que quer com o dinheiro?

– Adão, você viu o que está acontecendo.

– O que está acontecendo?

– Tudo vem abaixo, cunhado. Não tem jeito. As forças da ordem só criam mais desordem. Não há autoridade. Os criminosos zombam do governo. Os criminosos se tornam, onde podem, governo. São como Al Capone, exigem submissão ou morte. Estão se apoderando do país.

– É possível. Talvez. O que quer me propor?

Creio que Abelardo entra em transe. Olha para o céu do Sanborns (como se o Sanborns tivesse céu), e, em vez de pedir umas enchiladas suíças, me oferece uma enchilada asteca: o México é um país apaixonado pelo fracasso, todos os revolucionários terminam mal, os contrarrevolucionários só disfarçam o fracasso, há um gigantesco engano em tudo isso, cunhado, às vezes pensamos que só a violência revolucionária nos salvará, às vezes pensamos que só a falsa paz contrarrevolucionária é a nossa salvação, veja o que está acontecendo, usamos a violência sem revolução, a paz sem segurança, a democracia com violência, círculo vicioso, Adão, como sair dele?

– Como?

– Por meio do espírito.

– Diga-me. – Oculto meu ceticismo.

– Tudo fracassa – insiste Abelardo –, tudo é posto em dúvida, o Estado, os partidos, a democracia mesma, tudo nos infecta, a droga, o crime, a violência impune, o que pode nos salvar?

– O quê?

– A alma.

– Como?

Como sempre, ele continua com uma espécie de exaltação serena, quase religiosa: a alma, o espírito religioso do povo, o que sempre nos salvou: a fé, o respeito à religião, a seus símbolos, às pessoas santas.

– Santas? – Refugio-me num ceticismo discreto, que não ofenda Abelardo.

– Você o viu. O Menino Santo. Nisso, sim, se pode crer, em meio a tanta desilusão e mentira. Veja como ele reúne as pessoas todas as tardes no cruzamento. Veja como as pessoas se juntam e deixam para trás tudo o que nos ameaça, cunhado.

Que o leitor não o duvide. Oponho razões. O que nos assegura que o consabido Menino Santo pode opor-se e derrotar os males do país?

– A Virgem de Guadalupe – responde Abelardo.

Tento tirar importância a esta resposta. Recordo-lhe a discussão na imprensa entre o cientista ateu Juan Antonio Vizarrón e o devoto eclesiástico Francisco de Güemes. Abelardo me responde que isso prova a perseverança do tema religioso; quem fala da *vicetiple* María Conesa, a "Gatita Blanca"?; quem se lembra da pré-candidatura presidencial do general Arnulfo R. Gómez?, quem, para ir mais longe, se lembra de quando foi fundada a vila do Rosario em Sinaloa?, quando se cunhou pela primeira vez o ouro na Casa da Moeda?, quando ganhamos a Batalha de La Limonada, hem, cunhado, La Limonada?, quem se lembra de que em 1665 o Popocatépetl entrou em erupção, hem?, de que no terremoto de 28 de julho de 1957 caiu o Ángel de la Independencia?, de que os cometas passam regularmente pelo céu do México, cometa em 1965, em 1957, em 1910, em 1852, em...? (Já não o ouço: volto a recordar-me preso entre as coxas de Zoraida, vivendo o terror maior de todo macho: ser capado, ainda que seja no instante do prazer...)

– E a Virgem de Guadalupe nunca esquecida, Adão, meu cunhado, presente em meio a todos os esquecimentos.

Sorrio.

– Mas ela não existe. Superstições.

– Existe, sim. Olhe para a rua, Adão.

Na esquina de Insurgentes com Quintana Roo, as pessoas começavam a reunir-se, à espera da cotidiana aparição do Santo Menino. Este chega pontualmente, abrindo caminho por entre a respeitosa multidão. Só que não sozinho. Quer dizer, ele está acompanhado.

Eu a reconheço pelo hábito preto, dos pés à cabeça, salvo as mãos de anciã e o olhar dorminhoco. O menino subiu ao tablado de sua pregação diária.

A mulher subiu com ele.

– É a minha mãe – anunciou o menino.

A mulher se despojou da capa escura e se revelou, morena e doce, coberta por um manto azul de estrelas, as mãos unidas em oração, vestida de branco... As mãos antigas.

Ninguém gritou milagre, milagre!, porque os milagres, Sancho, rara vez ocorrem e por conseguinte é preciso verificá-los com longas audiências, investigações e suspeitas de fraude antes de declarar publicamente: isso que vocês viram é *opus sensibile*, que trascende a natureza porque é obra de Deus, que assim decide manifestar-se, e não resultado da ignorância popular, que ao aparecer o menino com sua mãe se espanta e regozija, mas demora a manifestar-se, como se hesitasse entre dar razão ao ateu Vizarrón ou ao crente Güemes na disputa cotidiana nos meios de comunicação.

Toda dúvida se dissipa, no entanto, quando o Menino de dez, onze anos segura sua mãe, a levanta e a mantém assim, sobre a cabeça, à medida que a multidão se mexe, exclama e afinal grita:

– Milagre, milagre!

E Abelardo, a meu lado no café, demonstra sua estirpe padeira e racional, explicando:

– O que acontece com o milagre é que você não o pode atribuir à natureza, mas a Deus, e Deus não é natureza nem obedece às regras da sociedade. Deus age *diretamente*, está entendendo?, sem passar pelas causas naturais.

– E? – digo com ceticismo crescente.

– A causa do Menino e da Virgem requer não só fé, cunhado, mas dinheiro. Grana. Dindim. Pesos e centavos para propagar-se. Isso, infelizmente, Deus não dá.

Ele me olha, não o nego, com certo carinho.

– Por isso precisamos que nos ajude. *Cunhado.*

42

De maneira, leitor, que se me vão juntando os assuntos, pondo à prova minha capacidade executiva. Bem, darei um dinheirinho a Abelardo para que mantenha o Menino e a Mãe. Só que minha atividade primária não se concentra na manifestação de fé na Insurgentes.

Chega o comando Sigfrid em voos de Frankfurt a São Paulo, a Cancún e a Toluca, para despistar. Tenho tudo preparado para eles. As armas. As instruções. Os uniformes.

Agem rápido. Agem eficazmente. As máscaras – antigás e antitudo – lhes ocultam as feições. Os Sigfrids são quase todos altos e louros como o seu wagneriano nome indica. Alguns são muito baixos, quase anões, e se chamam entre si os Alberich, mas estão no comando da tropa.

E a tropa age.

Eles têm a lista precisa dos criminosos mexicanos. Suas casas. Suas famílias. Velhos e jovens. Velhos e crianças. Mulheres.

Agem rápido. Agem duramente.

Sequestram os velhos.

Raptam as crianças.

Assassinam os homens.

Os Sigfrids vão deixando um rastro de sangue e dor entre as famílias dos grandes criminosos. Ninguém se salva. Ninguém tem regalia. O mais velho. O mais novo. Todos ficaram, em duas semanas, órfãos, viúvos, sem filhos.

É horripilante, eu admito.

Este menino amanhece enforcado num poste de telégrafo.

Este velho aparece afogado na piscina de casa.

Anuncia-se que esta mulher foi raptada – para sempre, para servir ao senhor. *For good. Für immer.*

Que em duas semanas não há um criminoso que não tenha sentido o crime na própria carne.

Que os funerais se sucedem como um carnaval da morte.

Que os cemitérios se enchem.

Que ninguém identifica os Sigfrids.

São do governo?

São os bandos matando-se entre si.

São vinganças?

São disputas por território, dinheiro, consumo?

Agora, agora é que digo a Abelardo: pode contar com o dinheiro, pode contar, cunhado, mas que esta noite o Santo Menino proclame de seu altar no cruzamento de Insurgentes com Quintana Roo que não, não é o governo, que eles não se matam entre si, que não são vinganças entre homens.

– É a vingança do céu! Os anjos desceram para fazer justiça! Não se culpe a ninguém! A Providência de Deus age! Ouçam a voz de Deus! Creiam na espada divina!

E ninguém admira mais nada do que a um Deus que se manifesta ativo, justiceiro, acabando a mancheias com as famílias dos criminosos que ainda ontem sequestravam, assassinavam, pediam dinheiro por crianças mortas de antemão, e agora são eles que morrem, são assassinados e não têm um centavo para impedir a horrenda ação dos Sigfrids: a morte de toda uma classe. O apocalipse em pessoa.

Quando vejo Adão Góngora pendurado de pernas para o alto, como um cão, no poste diante de minha casa, sinto que cumpri uma tarefa de salubridade. Agora, sim: o poder lhe foi parar na cabeça.

Quando vejo minha esposa, Priscila, assomar à janela de seu quarto e dar um grito de horror (inaudível por trás do vidro) vendo Góngora transformado em pinhata, mal posso esconder minha satisfação.

Quando vejo seu Celestino, meu sogro, o Rei do Pão, sair de casa sem sequer olhar o cadáver pendurado de Góngora, chego a admirar o caráter do velho: por algo eu vivi sob seu teto desde que me casei com sua filha, velho sacana, meu camarada oculto!, meu semelhante ainda que não meu irmão!

Quando me sento no café e entrego a Abelardo o subsídio para que o Menino e a Virgem continuem a atuar, penso que é dinheiro muito, muito bem empregado.

Quando olho para a rua e vejo o Santo Menino e a Virgem enganando, mais uma vez e por todos os séculos dos séculos o meu país, agradeço a grande distração da fé, o engano milenar que obriga a maioria a ir de joelhos até a Basílica de Guadalupe e a minoria a ter retratos da Virgem no quarto, e uns e outros a fazer-se perdoar seus pecados.

Meus colaboradores tiraram os óculos escuros.

E, quando volto à casa de Ele e me dispo com Ele e diante de Ele, só meu amante e eu, e ninguém mais, sabemos que não tenho umbigo.

Sou o primeiro homem.

43

QUANDO SEU XOCOYOTZÍN, MEU JARDINEIRO, foi dar uma volta no zoológico de Chapultepec, aproximou-se do viveiro da águia e sentiu pena. A grande ave rapace e forte, diurna, águia das águias, harpia do trópico com patas emplumadas, revoluteava desesperada num espaço reduzido. Seu Xocoyotzín, homem do povo e homem de fiar, sentiu pena da ave prisioneira e aproveitando a solidão da noite (que é quando ele caminha pelas ruas) abriu com um golpe de facão (com esta arma ele se defende do perigo urbano) a porta do viveiro, e só então viu que ali jazia, imóvel – morta? –, uma grande serpente.

A águia, sem sequer agradecer ao jardineiro, saiu voando da prisão, abriu os gigantescos duzentos e dois centímetros de suas asas e voou em busca de seu grande ar, o firmamento do dia, a altura da montanha, longe dos pesticidas, longe dos caçadores e das espingardas, longe da cidade sem ar...

Seu Xocoyotzín pegou a serpente e a levou para casa, com a esperança de reanimá-la.

Esqueceu-se de abrir a jaula do tigre. O animal grunhe ameaçadoramente.

No dia seguinte, passou o mesmo cometa que no ano de...

Este livro foi impresso na Editora JPA Ltda.,
Av. Brasil, 10.600 – Rio de Janeiro – RJ,
para a Editora Rocco Ltda.